いずれ最強の錬金術師？

SOMEDAY WILL I BE THE GREATEST ALCHEMIST?

14

小狐丸
KOGITSUNEMARU

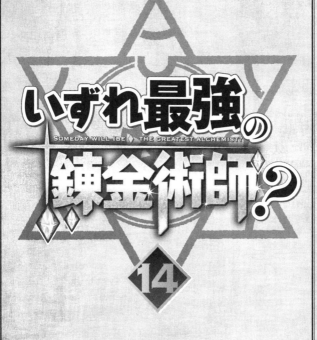

登場人物紹介
CHARACTERS
レーヴァ
狐獣人の女の子。
獣人には珍しく
魔法の適性がある。
アカネ
地球から召喚された
勇者の一人。
アイドル並みに可愛い。
ソフィア
タクミの
護衛を務める
エルフの剣士。
タクミの奥さんの
一人。
タクミ
ちょっぴり臆病な本作の主人公。
剣と魔法の異世界に転生したが、
喧嘩もしたことがないので
生産職を究めようと決意する。

バール
肉塊の大樹から
生まれた
邪精霊の御子。
カエデ
アラクネという
厄災クラスの魔物。
タクミに懐いている。

1　強襲聖域《せいいき》軍団

大精霊達から邪精霊のカケラが原因でシドニア辺境の街に魔物が溢れ出したと聞いた僕――タクミ。

先行して聖域で合流したユグル王国の騎士団の一部隊を陸戦艇《りくせんてい》ごとガルーダに搭載《とうさい》して、僕達は飛び立った。

「目的地はサマンドール王国側の旧シドニア神皇国《しんこうこく》領ですかな？」

「はい。先の戦いで敗北したシドニアの住民の多くがロマリア王国やサマンドール王国に流民となって、人口が激減したのは知っていますが、それでもそこで暮らす人がいるはずですから」

僕は共にサラマンダーに乗り込んだ聖域騎士団の団長、ガラハットさんに答えた。

シルフの話では、旧シドニア国内では魔物による大虐殺《だいぎゃくさつ》が行われているという。一刻も早く住民を保護する必要があった。

通信の魔導具で、バーキラ王国の近衛騎士団団長ギルフォードさんと連絡を取った。

現在、ロマリア王国の騎士団と魔法師団、それと冒険者が国境付近で魔物の討伐と避難民の救助をしているらしい。

バーキラ王国からの援軍が到着次第、シドニア国内に前線を押し返すそうだ。その後方支援と国境付近の防衛をユグル王国からの援軍が担うと聞いている。

二機のサンダーボルトとウラノス、ガルーダが編隊を組んで飛ぶ。ガルーダサイズの飛行物体など見た事がない人がほとんどなので、出来れば姿を消して飛行したかったんだけど、救援に来た事を示さないといけないため、ある程度目立つのは仕方ない。

空を見上げてパニックになる人もいたが、大きな騒ぎにはならなかったようだ。

一番スピードの遅いガルーダに合わせた編隊でも、サマンドール王国と旧シドニアの国境付近に到着するのにそれほど時間はかからなかった。

「ヒャッホーウ!!」

飛行タイプの魔物があっという間に駆逐《くちく》されていく。

その中で奇声を上げながら空を縦横無尽に飛び回り、魔物を殲滅しているのはドラゴンフライを操縦する狐獣人《きつねじゅうじん》の女の子レーヴァだ。

先ほど小型の高機動型戦闘機ドラゴンフライに乗り込み、テンション高く飛び出していったんだ。

「タクミ様、一時の方向に平坦な広いスペースを確認。避難者の姿は確認出来ません。魔物だけです」

「よし、サンダーボルト二機に拠点確保の指示をお願い。僕達はレーヴァと飛行タイプの魔物を駆逐後合流する」

僕の言葉に従ってソフィアが二機のサンダーボルトに指示を伝えると、サンダーボルトは降下しながら地表に向けて攻撃をばらまき、周辺の魔物を殲滅していく。

ドドドドドドドドドドッーーーー!!

空気を震わすサンダーボルトからの攻撃。

それにより、魔物達は原型すらとどめていない。

ガルーダからも避難する人を助けるための援護射撃が行われ、周辺空域の飛行タイプの魔物を殲滅したレーヴァのドラゴンフライと僕達のウラノスも上空から地上の魔物を攻撃する。

二機のサンダーボルトが急降下して着陸するとハッチが開き、強襲部隊と工兵部隊、ゴーレムが展開する。

八十メートル×二百メートルの四隅《よすみ》に魔導具が設置され、直《す》ぐさま起動する。

魔導具により地面のデコボコは平らになり、表面が硬化すると簡易な滑走路が完成した。

そこにガルーダが降下し着陸すると、格納庫ハッチが開き、陸戦艇サラマンダーが次々と出てくる。

聖域騎士団のサラマンダーと、一台はユグル王国のサラマンダーだ。

ガルーダの離着陸からの部隊展開訓練は平時から行っているので、とてもスムーズだ。

サラマンダーが旧シドニア側に展開して、中から騎士団と魔法師団が出てくると、ガラハットさんが次々に指示を出し始める。

「陸戦艇サラマンダー一号艇は既にサマンドール王国側に入り込んだ魔物の討伐及び、避難民の救助を行え！　工兵部隊は陣地の構築！　サンダーボルト二機は、ロマリア王国方向の空域に存在する飛行タイプの魔物を殲滅せよ！」

ガラハットさんの号令で、陸戦艇サラマンダー一台がサマンドール王国方向へと走り、サンダーボルト二機が再び飛び立つ。

ユグル王国のサラマンダーもサマンドール王国側に入り込んだ魔物の討伐をするようだ。

僕達の乗るウラノスとレーヴァの乗るドラゴンフライは、旧シドニアの外周を回りながら、飛行タイプの魔物を殲滅する事にした。

幸いなのは、ワイバーンクラスの魔物がいない事か。

魔物を探して飛び立つサンダーボルトとは反対方向に僕達は高速で飛行する。

ウラノスとドラゴンフライの二機なら、旧シドニア神皇国を一回りするのに、それほど時間はかからない。

他の国に比べ、旧シドニアの面積が狭《せま》いというのもある。

『タクミ様、レーヴァはお先に行かせてもらうであります！』

「無茶するなよ！」

『了解であります！』

通信が切れると、ドラゴンフライが加速してあっという間に見えなくなる。

僕がレーヴァが撃ち漏《も》らした魔物を倒しながら、地表へも攻撃して飛んでいると、反対回りしていた二機のサンダーボルトがもう前方に見えてきた。

僕は直ぐに通信の魔導具を取る。

「こちらウラノス。周辺空域の魔物の討伐は完了。サンダーボルトは地上の魔物を上空から討伐してください。くれぐれも避難民に気を付けてください」

『『了解です！』』

対地攻撃能力の高いサンダーボルトには、地上の魔物を間引いてもらう。

次にレーヴァに通信を入れる。

「レーヴァ、飛行タイプの魔物を殲滅後、僕達に合流してくれ。僕達はガルーダ周辺の魔物を討伐しながら遊撃する」

『了解であります！』

その後、ウラノスの針路を簡易滑走路へと向けた。

2　タクミ、惨状を目にする

着陸したウラノスから人魚族《にんぎょぞく》のフルーナや有翼人族《ゆうよくじんぞく》のベールクトを含む僕達のパーティーメンバーが降り立つ。

僕はウラノスをアイテムボックスに収納すると、矢継ぎ早に指示を出すガラハットさんのもとへ走る。

「ガラハットさん！」

「おお！　イルマ殿、飛行タイプの魔物討伐ご苦労様ですぞ」

「はい。これから、僕達は遊撃部隊として避難民の救助をしながら魔物の数を減らします」

「儂《わし》らはサマンドール王国側に侵入した魔物を討伐後、前線を押し上げますぞ」

「お願いします！」

「ご武運を！」

ガラハットさんに現場の指揮を任せると、僕は皆《み》んなのもとに戻る。サマンドール側に入り込んだ魔物の討伐もそれほど時間はかからないだろう。サマンドール王国にも兵士や冒険者はいるはずだから。


旧シドニア側に足を踏み入れると、そこここに逃げ遅れた人の死体が転がっている。

その状況に僕達は絶句する。

「……酷いわね」

「可哀想《かわいそう》ニャ」

特にシドニアで一時期暮らしていたアカネと、奴隷《どれい》ではあったもののシドニア神皇国で生まれ育ったルルちゃんは、僕以上に思うところがあるみたいだ。

サンダーボルトで広範囲を攻撃した事により、周辺の魔物はほぼ全滅しているが、シドニア方面からはまだまだ押し寄せてくるのを、僕と従魔のカエデは察知していた。

僕は亜空間からゴーレムのタイタンとグレートドラゴンホースのツバキを出す。

「タイタン、ツバキ、無理しないようにね」

『オマカセクダサイ』

『お任せください』

続いてソフィア、アカネ、レーヴァがそれぞれの従魔を呼び出す。

「グローム」

「フェリル」

「セル」

グロームは雷の魔法を使うサンダーイーグルという猛禽類《もうきんるい》系の魔物。

フェリルはルナウルフという闇《やみ》属性の狼系魔物。

セルがセルヴァルという巨大な猫系の魔物だ。

グロームが雷を纏《まと》い上空を旋回《せんかい》し、フェリルが影から影へと移動し、巨大な猫のセルがしなやかな動きでレーヴァに寄り添う。

「タクミ、まず広範囲に聖域結界《サンクチュアリィフィールド》を使った方がいいんじゃない」

「確かに、瘴気《しょうき》による穢《けが》れが気になるね」

アカネの指摘通り、大量の魔物による穢れが、亡くなった人をアンデッドに変えるかもしれない。

火属性魔法で燃やしてもいいのだけど、一度に広範囲となると聖域結界《サンクチュアリィフィールド》が良いだろうな。

「じゃあソフィアとアカネは、効果範囲を拡げる魔法をお願い」

「分かりました」

「分かったわ」

精神を集中して魔力を練り込み、聖域結界《サンクチュアリィフィールド》を発動する。

「聖域結界《サンクチュアリィフィールド》！」

僕を中心に温かな光が拡がって周辺を浄化する。

ソフィアとアカネが、魔法の効果をアップさせるバフをかける事により、聖域結界《サンクチュアリィフィールド》の光がさらに拡がっていく。

忙しく動き回る聖域騎士団や聖域魔法師団の団員が、思わず立ち止まってその光景に見入り、ガラハットさんが怒鳴る声が聞こえる。

聖域結界《サンクチュアリィフィールド》の光は、直径一キロを超えた。

「ふぅ、これで周辺の穢れは大丈夫だと思う」

亡くなった人の死体は残されているが、それがアンデッドと化す事はないだろう。

「お疲れ様です」

「ありがとう」

ソフィアがマナポーションを手渡してくれた。

まだ魔力的に余裕はあるが、念のため僕はそれを飲み干す。

これから長丁場だからね。

「タクミ、遠くに見える魔物の動きが鈍《にぶ》ってない？」

「ん？　本当だね。もしかしてこいつら光属性に弱いのか」

アカネが押し寄せて来る魔物の動きを指摘する。

中には、そのまま崩《くず》れ落ちるものもいた。

こんな事、よほど闇に傾いた魔物でないと有り得ない。

「タクミ様、以前使った魔導具は使えないのですか？」

「使えるけど、例の如くポイントに設置しないといけないよ」

ソフィアが言う以前使った魔導具とは、トリアリア王国と旧シドニア神皇国の合同軍とバーキラ王国、ロマリア王国、ユグル王国の同盟三国が聖域近くの未開地で戦争した時に使ったもの。

広範囲に聖域結界《サンクチュアリフィールド》を発動させるアイテムだ。

あの時は、対アンデッド用として使ったのだけど、今回の黒い魔物達もアンデッド並みに光属性に弱い可能性が高い。

「タクミ様、レーヴァに任せるであります！　ドラゴンフライなら、あっという間であります！」

「じゃあ、逆回りで私がウラノスで設置するわ」

「ルルもお手伝いするニャ」

レーヴァと、アカネ、ルルちゃんが魔導具の設置を請け負ってくれた。

この魔導具は、五芒星《ごぼうせい》の頂点に設置して起動する必要がある。

小国とはいえ旧シドニアをカバーするとなると、発動するための魔力の問題があるけど、それを解決する方法はある。

「じゃあ頼もうかな。僕達はこの付近で魔物を殲滅しているから、設置後ここで合流しよう」

「了解であります！」

「じゃあウラノスをお願い」

僕がレーヴァに魔導具を三つ渡すと、彼女は早速ドラゴンフライへと駆け出した。アカネにも一つ渡しつつ、ウラノスをアイテムボックスから取り出す。

アカネは魔導具を受け取ると、ルルちゃんとウラノスに乗り込み、飛び立った。

僕も起点となるこの場所に魔導具を設置する。

「それで、魔力の問題はどうするのですか？」

広範囲への魔法発動を心配したソフィアが聞いてきた。

「ああ、これを使うよ」

僕は地面を土魔法で成形し、そこにアイテムボックスから取り出した巨大な魔晶石《ましょうせき》を置いた。

「なっ、こんな大きな魔晶石をいつの間に」

「ハハッ、また何か造る時に使えないかと思ってね」

ソフィアが驚くのも仕方ない。

巨大な戦艦のオケアノスやガルーダを動かすために使用した魔晶石よりも遥かに大きいのだから。

何か大掛かりなものを製作する時に使えないかと作っておいたんだ。

「これでも外側は聖域結界《サンクチュアリフィールド》の効果が弱くなるだろうけど、あの魔物に効果はあると思う」

流石《さすが》に小国まるごと範囲に入れた魔法なので、中心付近と比べて外側の効果が若干弱くなるのは避けられない。

それでも亡くなった人達がアンデッドになるのを防げるだろう。無惨《むざん》な死を迎えた後もアンデッドになって、魂を囚われるなんて酷すぎると思う。

3　騎士団無双

旧シドニア神皇国とロマリア王国との国境付近には、続々と戦力が集結しつつあった。

ロマリア王国の騎士団や魔法師団、冒険者に加え、同盟国のバーキラ王国の近衛騎士団とボルトン辺境伯家、ロックフォード伯爵家の戦力。それらが神速の行軍で、ロマリア国内に少数ながら入り込んだ魔物を討伐しつつ、ロマリア王国の騎士団が奮戦している旧シドニアの国境へと合流を果たした。

「避難者を誘導！　ポーションで回復を！」

ガラハットの息子で現バーキラ王国近衛騎士団団長ギルフォードが大声で指示を出す。

バーキラ王国の近衛騎士団、国王派貴族家の騎士団のポーション保有数は潤沢《じゅんたく》だった。

これは普段からタクミやレーヴァがパペック商会を通して比較的安価で販売しているのに加え、聖域から素材となる薬草類を購入して、国内の薬師や錬金術《れんきんじゅつ》師による生産を順調に進めている事が理由だった。

騎士団や魔法師団に回復魔法の使い手はいるが、数が少ないため大小様々な怪我をした大量の避難者に対応出来ない。

それ故にポーションを大量に持ってきている。

そのポーションを惜しげもなく逃げてきた怪我人に使えるのは、騎士団が魔物に無双状態だからこそだろう。

「はっ！」

「どりゃ！」

「押し返せぇー！」

ハルバードの一振り、剣の一振りで魔物を葬《ほうむ》り、盾で殴りつける。

ロマリア王国の近衛騎士団も負けていない。

まるで競い合うかのように魔物を殲滅していく。

「……俺は夢でも見ているのか」

ただ、シドニアとの国境を領地とするロマリア王国の貴族家の騎士達は、その光景を信じられないでいた。

「これが俺達と同じ騎士だと言うのか」

バーキラ王国では、近衛騎士団だけじゃなく、国王派の貴族家の騎士団が聖域騎士団との合同訓練に参加していたが、流石にロマリア王国からは、近衛騎士団だけだった。

それにバーキラ王国の近衛騎士団や国王派貴族の騎士団の装備は聖域から購入したものだ。その性能はロマリア王国の辺境を護る騎士達とは比べものにならない。

その騎士団の圧倒的な実力だけじゃなく、馬もなく走る馬車よりもはるかに大きい鉄の箱――陸戦艇サラマンダーの存在にも驚いていた。

当初、自分達だけでは支えきれないと、悲壮な覚悟で魔物を押し込めていたが、陸戦艇に乗ったロマリアの近衛騎士団が到着してから、戦況は劇的に好転した。

さらに同盟国バーキラ王国からの援軍が到着すると、その圧倒的な戦力で前線を押し上げ始めている。

「俺達も負けていられるかぁ！」

自分達の領地は自分達で守るんだと、辺境の騎士達は気合いを入れる。

「おい、おい、何だアレ。凄《すげ》えじゃねぇか」

「誰も彼もデタラメに強え」

ロマリア王国で活動する冒険者も、緊急依頼で集まっていたが、ロマリア王国近衛騎士団とバーキラ王国近衛騎士団及び国王派貴族家の騎士団の圧倒的な力に驚いている。

「盾を並べよぉ！」

「「「オウ！」」」

ドンッ‼

密度の高い魔物の群れに対し、ロマリア王国の騎士団が小隊長の号令で密集陣形で盾を並べ、息の合ったシールドバッシュを繰り出すと、魔物の塊《かたまり》は粉砕されはね返される。

「十歩前へ進め！」

騎士団は魔物を蹴散らし前へと進み、前線を押し上げる。

「仲間と避難者に当てるなよ！　狙い定め……撃てぇ！」

今度は陸戦艇サラマンダーの上に陣取った魔法師団が、迫り来る魔物の敵影が濃い場所へ魔法を放つ。

味方や逃げてくる人達に被害が及ばない、適切な威力《いりょく》の魔法を選択して放ち続ける魔法師団。魔物を押し込み前進する騎士団との連携で、周辺の魔物は急速に数を減らしていく。

前線では、魔物を蹴散らしていた部隊が後続の部隊とスイッチする。

いくらレベルが上がって身体能力が高くなったとはいえ、ずっと戦い続ければ精神的にも肉体的にも疲労してしまう。

そのため、適度な間隔で前線で暴れる部隊が交代していく。

交代した部隊は少しの休憩の後、後方支援を行い、そしてまた前線へと向かう。

この一定の時間でローテーションしていく方法を見た冒険者や他の騎士団も次第に真似をし始め、一層安定して戦えるようになっていく。

「無理をするなよ！　まだまだ先は長い！　確実に数を減らす事を徹底しろ！」

地元の騎士団や冒険者をフォローしながら、着実に魔物を殲滅するロマリア王国近衛騎士団とバーキラ王国からの援軍。

そのお陰《かげ》もあって、地元の騎士団や冒険者も何とか崩れず、やがて有利に戦闘を進め始める。

「一部隊は、遊撃で散らばった魔物の殲滅を！　ロマリアの騎士団と連携するんだ！」

「はっ！」

ギルフォードの指示で、精鋭の小隊が遊撃に回り始めると、ロマリアとシドニアとの国境付近での戦いは終息し始める。

溢れ出した魔物も無限ではない。

溜め込まれた悪意はやがて勢いをなくしていった。

ただ、この場にいる誰もの顔に安堵の笑顔はない。

前線を押し上げ、シドニア中心部へと少し進んだだけで、目を覆《おお》いたくなる惨状が広がっていた。

4　大陸の中心に降り注ぐ光

一見優位に戦いを進めているロマリア王国とバーキラ王国の連合軍だが、その反面、指揮官達の表情は険《けわ》しい。

今まで殲滅してきた魔物は、数は多いが言ってみれば前座のようなものだ。

斥候《せっこう》から上がってくる報せには、強力な個体が進行中との情報があった。

今なら竜種でも倒せる自信はあるが、自分達以外の地元の貴族家の騎士団や冒険者には、大きな被害が出るだろう。

「あ、あれは……」

「おお！　あれは、イルマ殿か！」

旧シドニア神皇国全土を覆うように、光の柱が天へと立ち上がる。

ギルフォードやバーキラ王国の騎士達とロマリアの騎士達は、この光に見覚えがあった。

未開地でのトリアリア王国とシドニア神皇国対バーキラ王国、ロマリア王国、ユグル王国の三ヶ国同盟との戦争時に同じ光を見ている。

しかし、今目の前の光景は、以前とは比べものにならないほど大規模だった。

「ギルフォード殿、魔物の動きが鈍っていますぞ！」

「ああ。これでアンデッドの発生を心配せずに済む。何より、冒険者達の被害を減らせる」

溢れ出た魔物が悉《ことごと》く聖なる光に弱点を持つ事に、ギルフォードはその歪さを改めて感じる。魔物の大半は獰猛で人間を襲うものだが、臆病な魔物や比較的穏やかな魔物、知能の高い魔物も存在する。苦手にする属性も様々なのが普通だ。

それが例外なく光属性を弱点にするなど、この魔物達が作為的に造られたと言っているようなものだ。

通常のスタンピードとは明らかに違う。

「前線を押し上げるぞ！　隊列を組み直せ！　食事を交代で摂り次第、攻勢をかけるぞ！」

「「「オオォォーー!!」」」

バーキラ王国とロマリア王国の連合軍が、本格的にシドニア側へと行軍を始める。

ギルフォードは、この魔物の氾濫に違和感を覚えながら、陸戦艇サラマンダーに乗り込んだ。

◇

サマンドール王国の国境付近は酷い被害だった。

サンダーボルトによる強襲により、滑走路を確保してガルーダが着陸、陸戦艇サラマンダーと聖域騎士団、聖域魔法師団の活躍で、国境付近での魔物との戦闘は落ち着いた。

僕――タクミは、全ての魔物が光属性魔法に弱点を持つ事が分かると、皆んなと手分けして準備に取り掛かった。

レーヴァが地図を持ち、ドラゴンフライを全速力で予定地点へと向かわせる。

ウラノスよりもさらに高速飛行が可能なドラゴンフライなら、大陸中央部に位置してはいても、国土面積が最も小さな国だった旧シドニア神皇国を一周するのに時間はかからない。

同じく反対周りから魔導具を設置するウラノスのアカネとルルちゃんも、直ぐに戻ってくるだろう。

僕が巨大な魔晶石と結界の魔導具を接続し、設置していると、あっという間にドラゴンフライが帰ってきた。

遅れる事十数分、ウラノスも戻る。

「タクミ！　魔導具は設置してきたわよ！」

「レーヴァもバッチリであります！」

「ありがとう！　じゃあ、早速発動させるね。ソフィア、アカネ、術式の強化をお願い」

「分かりました」

「任せて」

ドラゴンフライもウラノスも、離着陸に滑走路を必要としないので、僕の側に着陸すると、僕は二機をアイテムボックスへと収納。

早速聖域結界《サンクチュアリフィールド》を発動する。

「聖域結界《サンクチュアリフィールド》！」

魔導具が術式を強化、拡大し、さらにソフィアとアカネのバフのお陰で、小さいとはいえ国である旧シドニア神皇国全土を光の柱が包み込む。

「「「オオォォォーー!!」」」

聖域結界《サンクチュアリフィールド》を初めて見たサマンドールの騎士や、冒険者達が、キラキラとした光の柱に歓声を上げた。

「やったわ！　魔物の動きが鈍ってる！」

「魔物によっては動きを止めていますね」

アカネが喜び、ソフィアもシドニア側の魔物の状態を察知する。

「ソフィア、ガラハットさんに連絡」

「攻勢をかけるのですね」

「ああ、サマンドールの騎士団と集まっている冒険者にも頼むよ」

「了解しました」

続いて僕はマリアの方を向く。

「マリアはギルフォードさんに連絡をお願い」

「分かりました！」

ソフィアがガラハットさんへの連絡に走り、マリアは通信の魔導具を使ってギルフォードさんと攻勢のタイミングを相談する。

その後、僅かに存在するサマンドールの騎士団と、緊急依頼で集まった冒険者にも話をしてもらう。

巨大な魔晶石があるので、聖域結界《サンクチュアリィフィールド》の効果が直ぐに切れるわけじゃないが、それでも何日も持つものじゃない。

出来ればコッチの有利な状態で攻め込みたい。

やがてギルフォードさんと連絡がつき、一時間後に、魔物が湧き出した原因と思われる地を目指し、行軍を開始する事に決まった。

それまでの短い時間だけど、周辺の怪我人の治療や逃げ遅れた人の救助をする。

魔物の殲滅は、タイタンやツバキ、カエデや他の従魔達が活躍している。

時間が近づいてきて、僕も聖剣《せいけん》ヴァジュラと聖剣フドウを腰に装備した。

敵が光属性を弱点とするなら、この二振りがベストだろう。

「ガラハットさん、号令をお願いします」

「承知した」

ガラハットさんが聖域騎士団と魔法師団に、大声で進軍を叫ぶ。

「聖域騎士団！　魔法師団！　進軍‼」

陸戦艇サラマンダー、強襲揚陸艇サンダーボルトがシドニアへ向け出発する。

僕達もウラノスを取り出して乗り込むと、飛び立った。

5　バールの願いと部下の野望

大陸に大きな被害を与えている黒い魔物の氾濫《はんらん》。だが、その結果に唸る二人の魔人《まじん》がいた。

予め用意した魔物のストックが心許《こころもと》ないと、元神官のアガレスと元代官のブエルが焦《あせ》りを顔に表す。

このゴーストタウンを起点に、旧シドニア神皇国の国内の戦況は想定通りに推移した。

ところがロマリア王国とサマンドール王国は、アガレスとブエルが考える当初の予定を大きく下回る被害状況だ。

本来ならば、放出した大量の魔物により、大陸全土が大混乱を起こしているはずだった。それが被害はほぼシドニアに留まっている。

「何故《なぜ》じゃ、ロマリアの騎士団はあれほど精強だったか?」

「騎士の精強さもだが、部隊の展開があれほど早いのは何故だ?」

アガレスとブエルは送り出した魔物の何匹かと感覚を繋ぎ、ある程度の戦況を把握していた。

ただ、魔物の知能が低いせいで、正確な情報を受け取る事が出来ていない。自然に進化して強くなった魔物とは違い、邪精霊《じゃせいれい》由来の力を使い強引に能力を引き上げられた魔物達は、強くなっても知能は低いままだった。

そんな魔物を介して得る曖昧な情報からでさえ、ロマリア王国内には大きな被害が出ていないと分かる。

「サマンドール王国方面は国境を越えて侵攻出来ているのは分かるが、それも今はほぼ駆逐されている」

「それにドワーフ共も案外頑張りおるわ」

ブエルとアガレスが言う。

サマンドール王国方面に向かった魔物は、国境を越え大きな被害を与え、一定の戦果は得られた。

しかし、山脈に隔《へだ》てられ地理的に守りやすいノムストル王国方面へは、二人の当初の想定通り侵攻を食い止められていた。

「トリアリアは軍事国家を謳う割に、国内への侵攻を許しておるな」

「どちらにせよ、想定外としか言えんな」

第一波は、数だけは多いが強さはそれほどでもない魔物だ。だが強くないとはいえ、それは第二波、第三波と用意している魔物と比べてであって、アガレスとブエルが調整し強化した魔物には変わらない。

予定では、ロマリア、トリアリア、サマンドールの国内全土を血に染め、バーキラ王国にまで迫るはずだったのだ。

「まぁ、第二波の魔物は、そう簡単に倒せまい」

「既に第三波も移動を始めている。これで溜め込んだ瘴気と魔力はすっからかんだ」

数を揃《そろ》えるよりも、厄災級の魔物を数体創り出した方が良かったのでは？　と考えるも頭を横に振るアガレス。

そこで、そろそろ我慢の限界とばかりに馬頭のガミジンが二人に話しかけた。

「なぁ、いつになったら俺は暴れられるんだぁ」

「魔物に蹂躙《じゅうりん》され、疲弊したロマリア王国とサマンドール王国に侵攻すると言ってあっただろう」

ブエルが面倒そうにガミジンに言う。

そう、今回の標的は、ロマリア王国とサマンドール王国だった。

ノムストル王国に大きな被害を与えるのは、地形的に難しいと最初から思っていた。トリアリア王国に関しては、人族と魔人という差はあるが、その有り様に何処か似たものがあると感じていたので、魔物での侵攻だけで済ませた。

「この調子ならサマンドール王国に絞《しぼ》った方がいいか」

「うむ、そうじゃのう」

ブエルとアガレスが方針を変更する相談をするも、ガミジンは勝手な事を言い出す。

「なら俺はロマリアへ行くぜ」

「おい、ガミジン！」

それを今まで黙《だま》って聞いていたマルパスが咎《とが》めた。

すると――

「いいじゃないか。ガミジンは魔人らしくていい」

「「「バール様！」」」

クスクスと可笑しそうに言った邪精霊の御子――バールに、アガレス達の声が揃う。

「よろしいのですか、バール様」

「ガッハッハッハッ、流石バール様だぜ！」

ブエルが確認するも、バールはニコニコしながら頷《うなず》くだけ。ガミジンは豪快に笑ってバールを讃《たた》える。

その時だった。光がその場を埋め尽くし、アガレス、ブエル、ガミジン、マルパスが呻《うめ》き声《ごえ》を上げた。

「こ、これは……」

「グッ、クゥ……」

「な、何なんだぁ！」

「バ、バール様！」

体を襲う不快感と倦怠感《けんたいかん》、頭痛や吐き気……魔人になって初めての事態に彼らは困惑する。

「落ち着くんだ。これは光属性の大規模結界だ」

「光の結界ですとぉ⁉」

「これほど大規模な魔法とは……」

「フフッ、大の男が揃いも揃って情けないわね」

バールが面白そうにアガレス達を見て言うと、アガレスとブエルの顔が驚愕に染まる。

その顔を見て、馬鹿にしたようにからかうのは、今まで一言も喋《しゃべ》らなかった元娼婦のグレモリーだ。

「これほどの魔法を誰が……」

考え込むブエルに、バールが言う。

「アガレスやブエルは知っているはずだ」

「はっ！　まさかヤツですか！」

それを聞いてアガレスは一人の青年の存在にたどり着いた。

魔人となって、人間だった頃の記憶も随分と曖昧になっていた弊害だろう。自分達にとって、一番の障害となり得る存在を、今の今まで忘れていたのだから。

「心配しなくても、向こうがここまで来る。それにこの結界をいくらかなら抑えられると思う。このままじゃ消耗するばかりだしな」

「バール様……」

「フフッ、ちょうど良かった。彼を倒せれば、人類に大打撃を与えるのと同じよ。精霊樹の守護者なのだから」

「ガッハッハッハッ！　面白ぇぇ！　強ぇヤツが、向こうから来るなんて、願ってもねぇじゃねぇか！」

「そうか、そうだな。我も直接対峙していないが、勇者殿を倒した存在と闘えるのか……」

ガミジンは楽しそうに言い、マルパスも闘志をみなぎらせる。

ただアガレスとブエルの懸念はなくならない。

これほど大掛かりな光の結界を抑え込むとバールは言うが、それが簡単ではないと二人には分かるから。

魔人により反応が真っ二つに分かれるのを見ながら、バールは結界を抑え込む作業に入る。

6　そこは地獄だった

ガラハットさんと打ち合わせして、僕——タクミは聖域騎士団と旧シドニア神皇国の中央部に足を踏み入れた。

強襲揚陸艇サンダーボルトにより拠点と滑走路を建設したのは、シドニアの国境を越えている場所だ。

流石にバーキラ王国の同盟国でもないサマンドール王国にはみ出ると、あとで問題になりそうだからね。

サマンドール王国は、聖域とも関係は薄いし。

聖域騎士団の一部隊をガルーダの護衛に、もう一部隊を聖域結界《サンクチュアリィフィールド》維持のための魔導具の守備に残している。巨大な魔晶石のお陰で、結界の発動時間が伸びているからね。あれを守るのは重要な任務なんだ。まあ、結界も張ってあるから手を出そうとしても普通は無理なんだけど。

冒険者も高ランクの腕利き達は、シドニア側で魔物の討伐にあたるようだ。聖域結界《サンクチュアリィフィールド》のお陰で、弱体化した魔物や動けなくなった魔物を中心に討伐してくれる。

とはいえ、光属性を弱点としながらも結界の中で生きているというだけで、この黒い魔物達が尋常じゃないと分かる。

腕利きの冒険者以外、駆け出しから中堅の冒険者達は、死体の埋葬と前線で討ち漏らした少数の魔物を始末するらしい。

まあ、前線を抜けてくる事はほとんどないだろうけどね。

「何て酷い事を……」

「酷いわね」

人魚族のフルーナと有翼人族のベールクトが、旧シドニア神皇国の惨状を目にして顔を青くしている。

フルーナやベールクトは、これだけ多くの人が無惨に死んでいる光景を見るのは初めてなので仕方ない。

僕だってこみ上げる怒りを抑えるのが難しい。

戦争で兵士が死ぬのを見るのと、争いに関係のない人達が巻き込まれて無惨な死体を晒しているのを見るのは、全然意味が違うしね。

「フルーナさん、ベールクト、大丈夫？　きつかったら後方支援の方に回ってもいいんだよ」

「タクミ様！　どうして『さん』付けなんですか！　前に呼び捨てでって言ったじゃないですか！」

「えっ、そっち!?」

「そうよね。付き合いの長さじゃ私よりフルーナの方が長いんだから、さん付けは嫌よね」

顔色の悪い二人を気遣ったつもりが、何故か呼び方で怒られた。

「ほら、タクミ様、フルーナって呼んであげて」

「い、いや」

ソフィアに助けを求めようと見ると、彼女は首を横に振っている。

そんな場合じゃないと思う僕は間違っていないはずなんだけど、諦《あきら》めて呼んでみる。

「フ、フルーナ」

「はい！」

「はぁ……」

僕がフルーナとさんを付けずに呼ぶと、満面の笑みで返事するフルーナ。

こんなやり取りしている場合じゃないのにね。まあ、フルーナやベールクトがトラウマになるような事がなくてよかったよ。

気を取り直して聖域騎士団と魔法師団はガラハットさんに任せ、僕達は自由に動かせてもらう。

騎士団の陸戦艇サラマンダー二台が地上から、サンダーボルト二機が空から魔物の掃討をする。

そうやって制圧地域を増やしていくんだ。

僕達は、ウラノスに乗り込み、空から強そうな魔物を駆除していく。強力な魔物は聖域結界《サンクチュアリィフィールド》で動きが阻害されていても中堅の冒険者では危険だ。

「ギルフォードさんから通信が入って、バーキラ王国とロマリア王国の騎士団と冒険者も、シドニア側に侵攻して掃討に入ったみたいだね」

「では、私達はノムストル王国側の魔物とトリアリア王国側へと向かう魔物を間引きますか？」

「そうだね。僕達はシドニアの国内を外側からグルグルと回って円を縮める感じで行こう」

「はい」

ソフィアと話して魔物の討伐については目処がついた。

トリアリア王国に関しては、先の戦争の事もあって色々と思うところはあるんだけど、それでも一般の人達が被害に遭うのは避けたいからね。

トリアリア王国国境付近には近寄れないので、それよりも内側での掃討になる。まあ、軍事国家なんだからあとは自分達で何とかするだろう。

「あっ！　タクミ様、ストップ！」

聖域結界《サンクチュアリィフィールド》により動きが鈍くなった魔物や、既に動けなくなった魔物にウラノスでトドメを刺しながら飛んでいると、マリアが叫んだ。

「‼　緊急着陸する！　アカネは救助した人の治療を！」

「分かったわ！」

マリアが指差していたのは、必死で逃げる大人の男女二人と、まだ小さな子供二人。大人の女性は赤ちゃんを腕に抱いていた。

そしてその後ろを魔物の群れが追っている。

ウラノスから魔物だけに当たるように法撃を加え、緊急着陸する。

ウラノスが着陸すると、ハッチが開いた瞬間ベールクトが空を飛び、逃げてくる人と魔物との間に降り立つ。

「ここから先へは通さないわよ！」

ベールクトは手に持つガンランスロッドから風属性魔法を放ち、迫り来る魔物を切り裂く。

結晶化した竜の牙で造られた槍《やり》の穂先から、増幅された風の魔法が撃ち出される。

もともと風属性の魔法に高い適性を持つ有翼人族だけあり、強力な風の魔法が襲い来る魔物を蹂躙する。

それに合わせるかのように、炎の魔法が撃ち出された。

マリアの焔槍──爆炎槍《エクスプロード》による攻撃だ。

「私も！」

そう言ってフルーナが放った水の刃が乱舞する。

フルーナの鎌槍には、水属性魔法を強化する魔晶石が使われている。それにより強化された水属性魔法が魔物を切り裂く。

フルーナは人魚族だけあり、水属性に高い適性を持つ。そのフルーナの放つ水の刃は硬い魔物を容易く真っ二つにした。

操縦をレーヴァに任せ、僕とソフィアもウラノスから飛び出すと、亜空間からカエデも出てきて周辺の魔物を瞬殺した。

振り向くと、アカネとルルちゃんが逃げていた人を保護していた。

「カエデ、生き残っている人がいないか、周辺の探索をお願い」

「はーい！　マスター！」

カエデが手を上げて返事をすると、亜空間から出てきたツバキに乗って駆け出した。

改めて周囲を見回すと、既にこと切れた人達の死体が其処《そこ》ここに打ち捨てられている。

この世の地獄としか言えない光景に、僕は再び言葉を失った。

7　生き残った人を助けよう

助けたのは若い夫婦と、赤ちゃんを含む子供三人の計五人だった。

アカネの回復魔法で治療され、ルルちゃんから食べる物と水を渡され、二人の子供は夢中になって食べている。

その時、ユグル王国からの援軍がロマリア王国のシドニア側の国境に到着したと連絡が入った。

ユグル王国の騎士団は、そこで後方支援を中心に、一部隊がシドニア側で生存者の探索と保護にあたるそうだ。

瓦礫《がれき》の下敷きになっても生きている人もいるだろう。

そんな人達を一人でも多く救う重要な役割を担う。

そこで僕もガラハットさんと、ロマリア王国方面から進行しているギルフォードさんと連絡を取り、その二つの騎士団からも生存者の探索部隊を派遣してもらうよう要請した。

『こちらも生存者を数名発見しましたぞ。いっそガルーダをもう少し動かしますか？』

「ガルーダは必要ないでしょう。残念ですけど、サンダーボルト二機とサラマンダー二台でも十分だと思います」

ガラハットさんの言葉に僕はそう答えた。

ガルーダを動かすほど生存者の数は多くないだろう。

『こちらギルフォード、こちらはロマリア国境付近の貴族家の騎士や冒険者が避難民の保護と生存者の探索に移ります。我らとロマリア近衛騎士団はこのままシドニア内部での魔物討伐にあたります。それとユグル王国からも援軍が到着するようですので、遺体の埋葬《まいそう》と生存確認をお願いしようと思っています』

「そちらは問題なさそうですね。何かありましたら連絡してください」

『了解です』

『了解じゃ』

通信を終えて僕達もサマンドール方面から、魔物が溢れた方向へと移動を開始する。

ただ、生存者探索をしながらなので、先ほどとは違いグッとスピードは遅くなるが、ガラハットさんやギルフォードさん達と歩調を合わせるなら仕方ない。


その後、何人かを発見するも、魔物が溢れた原因であるだろう中心に近くなるにつれ、生存者は少なくなる。

「ヒドイ有様ですね」

「ああ、当たり前なんだろうけど、先へ進むほど死体の損壊も激しいね」

低空で飛ぶウラノスのコックピットから地上を見るソフィアの顔が歪む。

シドニア神皇国が崩壊後、シドニアの国民の多くが周辺国へと流民となって移動したけど、それでも残っていた住民も少なくない。

その旧シドニアに残っていた国民の半数以上が被害に遭ったんじゃないだろうか。

小さな国土で人口の流出があり、もともと人口が多くなかった所への被害だからなんて、何の慰《なぐさ》めにもならない。

魔物が溢れ出したと想定される中心部へと近づくほど、地上には五体がまともな死体が少ない。

そんな死体が散乱する地獄絵図が広がっていた。

そのような状況でも、手や足を失いながら、あるいは瓦礫に埋もれながら生きていた人をガラハットさんやギルフォードさん達と手分けして救助しつつ、今回のスタンピードの原因であろう場所へと向かう。

そして、とうとうその場所を特定した。

「明らかに統率された魔物がいるね」

「場所が特定出来ましたので、ガラハット殿やギルフォード殿達と合流した方がいいのでは？」

「そうだね、ソフィア。救助した人達をまとめて移送してもらいたいしね」

救助した人達は、怪我人は治療して食べ物も与えたけど、彼らを連れたまま、この魔物の氾濫の原因となったモノと戦いたくない。

早速、ガラハットさんと連絡を取る。

「ガラハットさん、そちらの状況はどうですか？」

『こちらガラハット。生存者の探索は一応切り上げました。ウラノスと合流するために移動中ですぞ』

「了解しました。ウラノスはこの場で待機します」

次にギルフォードさんに連絡する。

「こちらイルマです。ギルフォードさん、そちらの状況はどうですか？」

『こちらギルフォード。こちらも合流に向け、移動中です。父上より多少時間はかかりますが、一時間ほどで合流出来ると思います』

「了解です。目印にウラノスを空中に待機させてます。気を付けてください」

『了解です』

通信の魔導具を切ると、皆んなに指示を伝える。

「ガラハットさんとギルフォードさん達と合流するから、僕達はしばらくこのまま待機する。皆んなも今のうちに休憩しておいて」

「分かったわ。私とルルは救助した人達の様子を見てくるわね」

「お任せなのニャ」

「うん、お願い」

救助者の治療を担当していたアカネとルルちゃんが、再び救助者を収容している区画へと向かう。

「このあたりは聖域結界《サンクチュアリィフィールド》の効果が薄いのでしょうか？」

「何者かが干渉しているんだろうね。完全に打ち消せてはないけど、たいしたものだね」

僕達が魔物が溢れた起点と特定した場所は、遠目にも聖域結界《サンクチュアリィフィールド》の効果が薄いのが見て取れた。

これだけを考えても、今回の敵が油断していい相手ではない事が分かる。

僕とソフィアは、ウラノスのコックピットから、前方に見える聖域結界《サンクチュアリィフィールド》の光が薄い場所を眺《なが》め続けていた。

8 集結

少し時間の余裕があったので、ウラノスでレーヴァが救助した人達を後方へと移送し、大急ぎで戻ってきたタイミングで、僕とガラハットさん達、聖域騎士団は合流した。

聖域騎士団が救助した人達も、サンダーボルトで後方へと移送されている。

「イルマ殿、あそこですな」

「はい、結界の効果が弱められているので、注意が必要ですね」

僕とガラハットさんが話していると、僕とは古い付き合いの聖域騎士団員——元「獅子の牙」のヒースさんが、ガラハットさんに報告に来た。

「団長、仮設拠点の設置完了しました」

「うむ、バーキラ王国とロマリア王国が合流するまで、哨戒任務の部隊以外は交代で休憩を取るように」

「了解です！」

ヒースさんはニコリと笑って僕に手を上げ、駆け足で行ってしまう。

聖域騎士団は、他の国の騎士団と比べると堅苦しくない組織だけど、流石に作戦行動中なので、知り合いとはいえ無駄話《むだ》は出来ないからね。

ガラハットさんが僕に向き直る。

「サマンドール王国で活動する冒険者が、国境付近で避難民の救助と遺体の埋葬をしております。サマンドールの騎士や冒険者を戦力には数えられんので……」

「そうですね。結界内で動けなくなったり、動きが鈍くなったりした魔物の後始末なら大丈夫でしょうが、この先は足手まといでしかありませんからね」

周囲に魔境が少なく、魔物の脅威もあまりないサマンドール王国には、高ランクの冒険者はいない。

サマンドール王国の冒険者は、ある程度の実力になると、バーキラ王国かロマリア王国へ移動してしまうので、魔物討伐の主戦力となる冒険者が存在しないのだ。

サマンドール王国は、バカンスを過ごすには良い国なので、高ランク冒険者が休息で訪れていれば、緊急依頼を受けていただろうけど、今回はいないみたいだね。


「タクミ様、ギルフォード殿が到着しました」

「ありがとう、ソフィア」

「やっと来おったか」

「距離があるから仕方ないですよ」

テーブルと椅子を出してガラハットさんとお茶を飲んでいると、ソフィアがギルフォードさんの到着を報せてくれた。

ガラハットさんが不満そうに言うけど、距離が遠いんだから許してあげようよ。

「イルマ殿、父上、バーキラ王国近衛騎士団及び貴族連合騎士団、ただ今到着しました」

「ギルフォードさん、ご苦労様です」

「よし、打ち合わせをするぞ」

ガラハットさんが、早速攻勢に入るための打ち合わせを提案すると、ギルフォードさんが言う。

「はっ、ではロマリア王国の代表と、冒険者ギルドの代表を呼んでまいります」

「えっ！　冒険者ギルドから誰か来てるんですか？」

僕が首を傾げていると、やって来たのは、僕がよく知る人物だった。

「おう！　久しぶりだなタクミ」

「バラックさん！」

そこに現れたのは、スキンヘッドに強面の顔、年齢を感じさせない筋骨隆々な身体……僕の体術の師匠でもある、ボルトンの街にある冒険者ギルドのギルドマスター、バラックさんだった。

「どうしてバラックさんが？」

「危険な前線で指揮をとれるのが俺くらいだったんだよ」

話を聞くと、現在のバーキラ王国の冒険者ギルドのギルドマスターの中で、現役で前線に出られるのはバラックさんだけらしい。

他のギルドマスターは、内務系の人だったり、元冒険者だった人でも、もう年齢的に戦えなかったりするようだ。

「それにしてもバラックさん……フル装備ですよね？」

「うん？　当たり前じゃねぇか。まだまだ若い奴らには負けんぞ」

バラックさんが冒険者の指揮をとるために来たのは分かったけど、最前線で暴れていたのがひと目で分かるフル装備なのには呆れてしまう。

バラックさんは体術がメインなので、軽鎧と金属製のガントレットに似た籠手《こて》を装備している。多分《たぶん》、Sランク冒険者だった頃の物なんだろう。軽鎧は竜種の革をベースに、ミスリルで補強されている。ガントレットも魔法金属製で、これから繰り出される魔力撃がバラックさんの攻撃手段らしい。

バラックさんは、バーキラ王国の冒険者とロマリア王国からの冒険者の指揮をとるそう。

元Sランク冒険者という肩書きを持つバラックさんは、冒険者達に絶大な信頼を得ているみたいだ。

それにここまで来ている高ランクの冒険者のほとんどは、バラックさんを知っているしね。

最後にユグル王国の騎士団が合流し、いよいよ掃討作戦が始まる。

9　激突

僕達のパーティーと聖域騎士団、バーキラ王国騎士団、ロマリア王国騎士団、ユグル王国騎士団、高ランクの冒険者達の合流が完了し、簡単な打ち合わせの後、それぞれ布陣した。

本当はスタンピードの原因らしき場所を包囲した方がいいのだろうけど、こちらの数が少ない。

被害を最小限にするための少数精鋭なので仕方ない。

僕達より先に、相手の方が動き出した。

四方に散らばるのではなく、、明確に僕達の方を目指している事から、ある程度統率のとれた魔物なんだろう。

魔物が動き出したのを見て、ガラハットさんが大声で攻撃の指示を出した。

「各魔法師団！　撃てぇ！」

ガラハットさんの号令で一斉に魔法が放たれた。

各騎士団の陸戦艇やサンダーボルトも法撃をばら撒いている。

普通なら殲滅出来そうなくらいの密度で放たれた法撃だけど、魔物全てを駆逐するには及ばなかった。

それだけ強い個体なのか、または魔法耐性が高いのか、それとも他の理由があるのかは分からない。

それでも向かってくる魔物は最初の半数に減っている。

しかも残った魔物もボロボロで、聖域結界《サンクチュアリフィールド》の影響が強い範囲に足を踏み入れると、それだけで倒れるものもいた。

そんな時、突然魔法が障壁に阻まれる。

魔法障壁を張る魔物なんて聞いた事はない。

魔法を阻んだ存在がいる。

「ガラハットさん！」

「法撃を止め！　魔法師団、魔法使いは、当初の予定通りサポートに回れ！　騎士団、前進！」

僕達パーティーを含む騎士団と冒険者が前進し始めた時、強力な個体が近づくのを感知した。

「ガッハッハッハッ！　やっとこのガミジン様の出番だぜぇ！」

そこに現れたのは顔が馬で巨体の人らしきもの。

魔人だろうか。

普通に話しているという事は、単なる人型の魔物ではなく、今回の惨劇を起こした元凶の一人である可能性が高い。

ガミジンと名乗ったそいつは、背負っていた巨大な戦斧を取ると、猛然と駆け出した。

「タイタン！」

僕はタイタンの名を呼ぶ。

その巨体に似合わないスピードで迫るガミジンが振るった戦斧の一撃に、マギジェットスラスターを噴かし、割って入ったタイタンが大盾をぶつけた。

ガァキィィィーーン!!

周辺にもの凄《すご》い激突音が響く。

「何だぁ!?　ゴーレム如きが俺様の斧を受け止めただとぉ」

斧を弾かれ、体勢を崩したガミジンが驚きの声を上げた。

ガミジンとしても渾身の力を込めた一撃だったんだろう。実際、タイタンじゃなければ受け止める事は出来なかったと思う。

「タクミ!　コイツは俺達が引き受ける!」

「お願いします!」

馬頭の人型、ガミジンの太い腕に魔力を纏ったガントレットの一撃が当たり、ガミジンの戦斧を持つ腕がはね上がる。

タイタンとガミジンの戦いに参戦したのは、バラックさんと彼が率いる高ランクの冒険者達だった。

数名の冒険者とバラックさんが、タイタンと連携するようにガミジンへ攻撃を加える。

即席だけどしっかり連携が取れているあたり、流石は高ランクの冒険者だ。踏んできた場数が違う。

騎士団と手負いの魔物との戦闘が始まり、ガミジンをタイタンとバラックさんに任せ、僕達は先に進んだ。

しばらく行くと、馬頭の魔人ガミジンとは別の人型と相対した。

「ここから先へは通さん！　我はマルパス！　バール様の騎士なり！　通りたくば、我を倒して行け！」

半裸のガミジンとは違い、その巨体に金属製の騎士鎧を身に着けたマルパスと名乗る人型は、その言動から元は騎士だった事が窺える。

しかし今のその姿は人から大きく外れ、獅子の頭に四本の腕の人型のキメラだ。

ただ、そんなマルパスの相手は僕じゃない。

ガキィィンッ!!

僕の横をすり抜け、マルパスと斬り結んだのはソフィアだった。

「私がサポートします！」

「私も！」

フルーナの槍がマルパスの腕の一本を押さえ込むと、さらにベールクトの槍が突き出された。

「タクミ様、ここは私達にお任せください！」

「頼む！」

マルパスをソフィアとフルーナ、ベールクトの三人に任せ、僕は右手に聖剣ヴァジュラ、左手に聖剣フドウを持ち、魔物を倒しながら前へと進む。

ソフィア達なら大丈夫だろう。

さらに先に行くと、今度は巨大な火球と氷の塊が僕達を襲ってきた。

僕に向けられた魔法を、魔法障壁を展開して防ぐと、火球と氷の塊が飛んできた方向に視線を向ける。

そこにいたのは二人の人型。グレーに染まった肌の色を除けば、人間と変わらない容姿だけど、身に纏う魔力や瘴気が人間ではないと告げている。

「ほぉ、この程度は防ぐか。まあ、このくらいはしてくれぬとな。儂はブエル、バール様の忠実なしもべだ。主人に仇《あだ》なす者は殲滅してくれるわ」

「ホッホッホ、それはそうじゃ。コヤツはシドニア崩壊の元凶じゃからな。儂の名はアガレス。女神アナト様、教皇ワイバール様、皇女エリザベス様の仇《かたき》は取らせてもらう」

だいたい想像はしていたけど、アガレスと名乗った老人の言葉で、今回の惨劇を引き起こしたのは、邪精霊と関わりのある奴らだと確定した。

「タクミ、このジジイは私に任せてちょうだい」

「ルルにお任せニャ！」

アガレスと名乗った老人の前に、アカネとルルちゃんが出る。

「じゃあ、このオッサンはレーヴァにお任せなのであります！」

「タクミ様、レーヴァのサポートは私に任せてください」

「頼んだよ、マーニ」

ブエルと名乗った男は、レーヴァとマーニが引き受けてくれた。

僕はその場を皆んなに任せ、立ち塞がる魔物を二本の剣で薙ぎ倒しながら、マリアと共に事の元凶がいるであろう場所へと駆け出した。

10　タイタン&バラックvsガミジン

三メートル半《なか》ばほどあるアダマンタイト合金製のガーディアンゴーレムのタイタンと、二メートル半ばの馬頭の魔人ガミジンの巨体が激しくぶつかった。

「狙いを絞らせるなぁ！　タンク役はタクミのゴーレムに任せるんだぁ！」

「「「おう！」」」

ボルトンの街の冒険者ギルドマスターで、元Sランク冒険者のバラックが冒険者達に指示を出す。

タイタンは巨体だが鈍重なわけではない。普通のゴーレムとは比べものにならないくらい機敏に動く。

タクミ特製のアダマンタイト合金ボディに、Sランク以上と言われるガーディアンゴーレムのコアを持ち、自ら思考する特別なゴーレムだ。

タイタンは盾術のみならず棍術《こんじゅつ》や体術を使いこなし、大型の魔晶石を複数組み込まれているためパワーとスタミナも規格外。

そのタイタンが、ガミジンの戦斧の攻撃を時に捌《さば》き、時に正面から受け止めていた。

ただ、そんな規格外なゴーレムであるタイタンとまともにやりあえている事実を見ると、ガミジンの膂力《りょりょく》も尋常じゃない事が分かる。

「チッ、硬えなぁ、おい！」

バラックが魔力撃を叩き込むも、ガミジンの硬さは尋常じゃなかった。

「ギルマス！　前に出過ぎるなよ！」

「そうだぜぇ！　もう、歳なんだからなぁ！」

「五月蝿《うるせ》えぇ！　まだまだお前らには負けねぇよ！」

ガミジンの黒く染まった体は、まるでオーガの上位種をさらに強化したように強靭で、しかも小さな傷など瞬《また》く間に治ってしまう。

バラックが舌打ちするのも分かる。

その強靭な巨体が軽々と振るう重量級の戦斧の斬撃の嵐は、掠《かす》っただけでも無事では済まないだろう。

ガミジンは味方のはずの黒い魔物を巻き込む事を厭《いと》わず、暴風のように戦斧を振り回す。

実際、周囲の魔物が巻き込まれミンチになっているが、ガミジンが気にする様子はない。

ガミジンに魔物への仲間意識などない。

バールに対しては一応の忠誠心はあるようだが、マルパス達へは疑わしいところだ。

そんなガミジンの周囲の黒い魔物ごと敵を粉砕しようとする攻撃が続く。

それでもバラックは、格闘家らしいスピードを活かした攻撃でガミジンに的《まと》を絞らせない。

長年の戦いの中で培った経験は伊達ではない。ただ速いだけ。ただパワーがあるだけ。そんな攻撃を受けるバラックではない。

タイタンとバラックが前に出て、ガミジンの標的となっているその隙《すき》に、冒険者達が脚や腕を狙って攻撃を仕掛けては後方に下がる。

高ランクの冒険者とはいえ、ガミジンの攻撃をまともに受ければ死に繋がる。

だから彼らは無理はしない。

冒険者は生きて帰る事が一番重要だと知っているから。

「ガアァァーーッ‼　ちょこまかと、鬱陶《うっとう》しいぃ！」

ブォォーーンッ‼

ただ強引に振り回された戦斧がめちゃくちゃに空気を切り裂く。

それでもバラックや冒険者達は戦斧を掻い潜り、チクチクと攻撃を加える。

そんな彼らの動きに焦《じ》れたのはガミジンだった。

ガミジンが、バラック達の動きに苛《いら》ついて乱暴に戦斧を振り回す。最早そこに技術などない。ただ力任せに振るうだけだ。

もともと人間だった頃は木樵《きこり》で、冒険者をしていたわけではないガミジンは、戦闘の技術に関しては未熟だった。

しかも今の姿となってから、弱者相手に暴れて戦闘による高揚感を得る事はあっても、対人戦の経験や技術を身につけようとはしてこなかった。

魔人となり、只々圧倒的な身体能力の高さに酔っていた。それだけだ。そのツケがここに来て回ってくる。

ガミジンは初めて自分とまともに打ち合える、むしろ力では気を抜けば押し負ける相手との戦いに、焦りを感じ始めていた。

しかも歴戦の元Sランク冒険者バラックと、高ランク冒険者達の連携と駆け引きに、只々翻弄《ほんろう》されている。

もとより木樵と戦闘の専門家の戦い。技術や駆け引きで勝てる要素はない。その差は時間が経つにつれ無視出来ないものになっていく。

加えて、バールがある程度抑えてはいるが聖域結界《サンクチュアリィフィールド》の影響もあり、ガミジンのイライラは募るばかりだった。

「クソッ！　これならどうだっ！」

ガミジンの上半身の筋肉が盛り上がり、魔力が膨《ふく》れ上がる。

「大木断ちっ‼」

苛立つガミジンが、大技を繰り出す。

大木をも一振りで切り倒す渾身の一撃。

ブゥゥゥウーーン‼

しかしタイタンやバラックは動かぬ大木ではない。予備動作が大きく大振りな技が通用するはずもなかった。タイタンは背中のマギジェットスラスターを噴かし、三メートル半ばの巨体で突進する。

ガミジンの大技が威力を発揮する前に、アダマンタイト合金製の大盾をぶつけて威力を相殺してのけた。

ガァーーンッ‼　ゴキッ！

「グッハッ！」

ガミジンの戦斧がタイタンの大盾ではね上げられ、タイタンの持つメイスがガミジンを打った。

タイタンからの重い一撃に、ガミジンが堪《たま》らず後ずさる。

それも仕方ないだろう。

タイタンの持つメイスは、アダマンタイト合金製の頑丈さを追求した金属の塊。しかもそのサイズや重さもタイタンだから扱える。普通の魔物なら原型をとどめず潰《つぶ》されているだろう。後ずさるだけで済んでいるガミジンの異様な頑丈さは驚愕に値する。

「クソッ！　よくも俺様にぃ！　くらえっ、薪割《まきわ》りっ‼」

ガミジンは今の姿となって初めて大きなダメージを受けた事で頭に血がのぼり、がむしゃらに戦斧を大上段から打ちつけてきた。

ガキイィィーーン‼

『ムダ、デス』

「なっ⁉　ゴーレムが喋りやがった！」

普通の人間なら持ち上げるのも難しいだろう巨大な戦斧での一撃を、タイタンは一歩踏み込み大盾を打ち当て、力をいなす事で捌いた。ゴーレムであるタイタンが喋った事に驚く間も与えられず、出来た隙に追撃が加えられる。

ザシュッ！

ドスッ！

「グァッ！　テメェらぁ！」

剣と盾を持つ前衛職の冒険者が、体勢の崩れたガミジンの脚を斬り裂き、その傷を拡げるようにバラックの拳が追撃する。

身体能力とタフさでは、タイタンを除けばこの中の誰よりも優れているガミジンだが、所詮は元木樵。

戦いの中に身を置き、高ランク冒険者となった者達や、元Sランク冒険者と戦うには、絶対的に経験が足りなかった。

積み上げてきた戦闘経験の差が、ここまで拮抗《きっこう》していた戦闘を徐々に一方的なものにしていく。それでもタイタン達を相手に、ここまで戦闘が長引いているのは、ガミジンの脅威的なタフさと再生能力故だろう。

しかし、一度傾いた天秤《てんびん》を引き戻す力は、今のガミジンには残されていなかった。たたみかけるような攻撃に晒され、ガミジンが受けるダメージが、回復力を上回り始める。

そしてついにその時は訪れる。

「グッハッ！」

ガッキィィーーン‼

隙の多いガミジンに対してのタイタンの狙いすました大盾によるシールドバッシュにより、ガミジンの手から戦斧が離れて宙を飛ぶ。

ボゴォォッ‼

さらにガミジンの頭部をタイタンのメイスが上段から打ちつけ、とうとうガミジンがその場に膝をついた。

そこに殺到する冒険者の剣とバラックの魔力を纏った渾身の拳。

ガミジンも苦し紛れに腕を振り回すが、タイタンが大盾を差し入れ、ガミジンの腕を封じる。

冒険者二人がガミジンの頸《くび》を左右から深く斬り裂き、そこに追い討ちをかけたバラックの魔力撃でついにガミジンの頸が宙を飛んだ。

「……へヘッ、バケモノに生まれ変わって、好き勝手暴れて……楽しかったぜ」

地面に落ちて転がったガミジンの頸が、満足そうにそう言うと、頸をなくした体がドサリと仰向けに倒れ、ガミジンの目から光が消える。

その頸と体が聖域結界《サンクチュアリィフィールド》の光の中、サラサラと崩れていった。

バラックはガミジンの死を確認すると魔石を回収する。

「人殺しを楽しむんじゃねぇよ。おう！　俺達は動きの悪い魔物から始末していくぞ！」

「「「オオ‼」」」

冒険者達に指示を出すと、バラックは自らも駆け出した。

『ゲンキナ、オトシヨリ、デスネ。デハ、ワタシモ、ザンテキ、ノ、ソウトウ、ニ、ウツリマスカ』

タイタンもそう言うと、残っている強力そうな個体目掛け、背中の魔力ジェットスラスターを噴かして低空を滑空《かっくう》し、残敵の殲滅に移る。

11　マルパスVS三本の槍

マルパスは四本の腕に二本の剣と、一枚の盾、一本の短槍を持ち、ソフィア、フルーナ、ベールクトと戦っていた。

変則的ではあるが、三刀流ともとれる手数の多さと、全身鎧と盾の防御力、巨体の魔人ならではのパワーで、ソフィア達三人と打ち合う。

「クックックック、この様なバケモノに身をやつした甲斐があったな。これほどの戦いが待っていたとは」

マルパスは普段から粗暴なガミジンとは違い、元神殿騎士だった事が窺える落ち着いた佇《たたず》まいを見せていたが、闘争を求める気持ちはガミジンとさほど変わらなかった。

それが化け物となったからなのか、騎士だった頃から変わらぬものなのかは、今となっては分からない。

ただ、今この時のために生まれ変わったのだと言えるほどに、強者と対峙する喜びにマルパスは震えていた。

「何の目的でこの様な愚かな事を！」

ソフィアの風槍《テンペスト》が、彼女の怒りの言葉と共にマルパスへと襲いかかる。

「フンッ！」

ガキッ！　ザシュッ！

ソフィアの槍を剣で防ぐも、傷を負ったのはマルパスだった。

風槍は、魔力を込める事で風の刃を生み出す。実体の穂先を防いだとしても、風の刃まで完全に防ぐのは難しい。

「チッ、装備の質では敵《かな》わんか」

マルパスがソフィアの風槍を剣で捌くも、テンペストが纏う風の刃がマルパスを削る。

マルパスの鎧や剣、盾も世間一般では一流の物だったが、ソフィアやベールクト、フルーナの持つタクミが造った装備とは比べものにならなかった。マルパスはその性能の差を把握し、舌打ちした。

「目的……目的なぁ、ブエルやアガレスはともかく、バール様が何をお考えかは、我には理解しようもない。だが、案外つまらぬ理由かもしれぬな」

ソフィアからの問いに、到底納得出来ない答えを返すマルパス。

ガキィインッ！

「ふざけるなぁ！」

ベールクトの法撃槍杖《ガンランスロッド》が魔力光を纏いマルパスに叩きつけられる。

多くの罪なき人達の命を奪《うば》った行為の目的を、つまらない理由などとのたまうマルパスにとって、ベールクトの怒りを乗せた一撃は強力だった。

マルパスは何とかベールクトの攻撃を槍で防ぎ、ソフィアの槍を防御した剣とは違う、もう一本の剣で攻撃しようと振りかぶって、慌てて迫りくるもう一本の槍を防いだ。

「私もいるのよ！」

フルーナの槍がマルパスの顔を浅く切り裂くも、その傷は瞬く間に消える。

「クックッ、楽しいなぁ。これほどの強者と死合えるとは……それだけでもクソ神官に感謝だ」

「それは、どういう意味ですか？」

マルパスが楽しそうに呟いた言葉から、神官という単語を聞き取ったソフィアが問い詰める。

「それは我を倒し、バール様のもとまで行けば、運が良ければ教えてくださるだろう。さぁ、そんな事より、今は楽しい命のやり取りをしようではないか！」

マルパスはそう言うと、四本の腕に持つ二本の剣と一本の槍、丸盾を駆使してソフィア達を猛然と攻撃し始めた。

二メートルを超える巨体に金属鎧を着込み、魔人故の圧倒的なパワーでその重さを感じさせない動きを見せるマルパス。

その攻撃をまともに受ければ、ソフィアといえどただでは済まない。

故に回避し、技術でもってマルパスの攻撃を捌く。

本来、槍と剣では間合いの長い槍が優位だが、マルパスとソフィア達の体格の差と、マルパスの腕の長さ、彼の体格に合わせた通常よりも長いロングソードが、槍の優位性を低くしていた。

ガミジンとは違い、マルパスは地方とはいえ、騎士団を率いていた人物だ。こと戦いの技量は木樵だったガミジンとは比べるべくもない。

剣や槍の技量は正統な騎士団のものだった。

神殿騎士の戦いは守り主体の戦い。

故に、ソフィア達三人を相手取り、拮抗してみせる。

ただ、それでもタクミとマリアと並び、高レベルなソフィアと、そのタクミ達に鍛えられたベールクトとフルーナを、マルパス一人で相手にするのは厳しかった。

そもそもマルパスは元が人間。四本の腕を十全に使うには無理がある。二天一流で有名な宮本武蔵も一刀が基本と言うほど、複数本の剣を実戦で使用するのは難しい。それを四本に増えた腕を使うのだ。バケモノと化してからの短期間では、マルパスもこの戦闘スタイルでソフィア達を相手にするのは難しかった。

「では、これならどうだっ！」

押され気味の戦いに、マルパスが勝負をかける。

「獅子號連撃《ししこうれんげき》！」

二本のロングソードと一本の短槍が嵐の如く打ちつけられる。

その標的はソフィアだった。

マルパスは勝負に勝つ事が目的ではない。勝ちに拘《こだわ》るなら、まだ未熟な所のあるベールクトかフルーナを狙い人数を減らすべきだろう。だがマルパスはそれを望まず、強者との死合いを切望していた。

ならば、その攻撃の対象となるのは、この場ではソフィアしかあり得ない。

「「ソフィアさん！」」

ベールクトとフルーナが槍を差し込む。

ソフィアは、槍では捌きされないと判断すると、装備を片手剣と盾にチェンジし、マルパスの連撃を迎え打つ。

日常的に、瞬間的な装備変更の訓練をしていた事が、彼女を救う。

一本の剣と短槍のラッシュを、片手剣と盾で捌くソフィア。残る一本の剣は、ベールクトとフルーナが抑えきった。

マルパスの大技を防ぎ、両者は一旦間合いを取る。

ソフィアはマルパスの存在感が膨れ上がり、息を大きく吸い込んだのを察知する。

「離れて！」

自身も大きく飛び下がりながら、ソフィアはフルーナとベールクトに声をかけ、同時に魔法障壁を張る。

彼女は、元騎士として剣や槍だけじゃなく、今や魔法の練度も高い。そのソフィアにとって、咄嗟に魔法障壁を張る程度なんでもない。

マルパスが放ったのは咆哮《ハウル》。それは、物理的な破壊力を伴う獅子の頭を持つ魔人マルパスの渾身の一撃。

「ガァァァアッーー‼」

マルパスの前方広範囲を衝撃波が襲う。

ただ、それはソフィアの機転により回避され、防がれた。

咆哮を放つには、大きく息を吸い込むという溜めが必要だと瞬時に看破したソフィアは、フルーナとベールクトに視線を送り、波状攻撃を仕掛ける。

咄嗟に回避は成功したが、もしあの攻撃を喰らえばソフィア達も無事では済まない威力を秘めていた。

ならば撃たせる隙を与えなければいい。

フルーナとベールクトの槍を、マルパスは盾と剣で必死に捌く。盾と二本の剣で防御に徹し、短槍でカウンターを狙うマルパス。そこに再び装備変更したソフィアが、風槍による突きから薙ぎ払いを仕掛ける。

マルパスは剣や盾で防御するも、ソフィアの風槍による風の斬撃により傷が増えていく。

とはいえ多少の傷なら、今のマルパスにはたいしたダメージにならない。人間から異形のバケモノとなったマルパスは、ガミジンと同じようにオーガ並みの強靭な肉体と再生能力を得ていたからだ。

「グアッ！」

それでもソフィア達が繰り出す三本の槍は容赦なくマルパスを襲う。タクミが造りあげたソフィア達の槍は、マルパスが着込む騎士鎧などものともしない。

やがて大きな傷が増えるペースが速くなると、マルパスの生命力は少しずつ少なくなっていく。

オーガ並みの再生能力があるとは言っても、それは無限に再生出来るものではない。

咆哮を放ったのもマルパスにはマイナスに働いていた。咆哮は強力だが、自身の魔力と生命力を大きく消費する諸刃《もろは》の剣《つるぎ》だった。

そして定められた終焉《しゅうえん》の時はやって来る。

「身勝手な理由で惨劇を引き起こしたお前達を、私は絶対に許さない！　ハアッ！」

高速で繰り出されるソフィアの風槍。連続で繰り出される風槍が、マルパスの剣を弾き盾を押し退ける。マルパスの纏う騎士鎧の隙間を縫《ぬ》って穂先が突き刺さり、風の刃がさらにダメージを与えた。

ソフィアの繰り出した渾身の力を込めた連続の突きで、マルパスの体からドス黒い血が噴き出す。

ダメージを受けながらもマルパスは短槍を強引に横薙ぎに振るう。

「舐《な》めるなぁ‼」

ブォーン‼

しかし、その時にはソフィアは既にその場にいない。

「動きが雑になってきてるよぉ！」

ザシュッ！

大きなダメージとそれによる焦り。その隙を逃さず、ベールクトがマルパスに、ガンランスロッドを突き立てる。

「ガアッ！」

濃密な魔力により結晶化した竜の牙から造られた、ベールクトのガンランスロッドの穂先は、マルパスが着る騎士鎧を簡単に突き破った。

「おのれぇ！」

ブンッ！

ソフィアに続き、自分にダメージを与えたベールクトに剣を振るうも、身軽な有翼人族の中でも、今では一番の戦士と言われているベールクトにヒラリと躱《かわ》されてしまう。ベールクトはさらに自慢の翼を広げて自由に空を飛び、マルパスを翻弄する。

ソフィア、フルーナ、ベールクトの三本の槍が、連携してマルパスを追い詰めていく。

勿論《もちろん》、ソフィアほどレベルも高くなく、戦闘経験も浅いフルーナとベールクトは、ここまでの戦いでまったくの無傷とはいかない。

今のソフィアとベールクト、フルーナの三人なら、高難度のダンジョンでもクリア出来る実力がある。

そんな三人と渡り合っているマルパスもまた尋常な存在ではない。

だからこそ、ここで必ず倒さなくてはならないと、三人は強い気持ちで攻め立てる。

時折、マルパスが放つ斬撃で傷を負うが、予め持たされているポーションでその都度回復し、再び戦闘に復帰するベールクトとフルーナ。

彼女達が持たされているポーションは、欠損以外なら直ぐに回復出来るレベルのものなのだ。タクミの過保護さが分かるが、今回はそれが功を奏していた。

そして決着の時は訪れる。

ここが勝負時と猛攻を仕掛けるソフィア達三人。そのダメージが無視出来ない域に達し、苦し紛れに起死回生の咆哮を放つため、マルパスが息を大きく吸い込もうとしたその瞬間だった。

ザシュッ‼

一瞬の隙を見逃さずにソフィアが繰り出した渾身の突きが、マルパスの胸に深く突き刺さる。

「ガフッ……」

「「やぁーー‼」」

ザシュッ！　ザシュッ！

そこにフルーナとベールクトが追撃を放ち、マルパスの胸と胴体に穂先が吸い込まれた。

ブンッ！

力なく振るわれたマルパスの剣と槍を避けるソフィア達。

三本の槍が抜け、そこからドス黒い血が噴き出し、流れ落ちる。

最早、先ほどまでの高い再生能力は見る影もなく、急速に何かが体から抜け落ちる感覚に、マルパスはその場に膝をついた。

「ふぅ〜、女ながら見事だった……我は満足だ。我が頸を手柄とせよ」

ザシュッ‼

ゴトリッ……

ソフィアが風の刃を纏った風槍を無造作に横薙ぎに振るうと、マルパスの獅子の頸が音を立て地面に落ちた。

「何が満足だ。何が手柄だ！　ふざけるな！　騎士とは主人を、民を守る存在だ。お前のように、無秩序に戦いを求めるものではない」

聖域結界《サンクチュアリイフィールド》の影響を受け、鎧を残してサラサラと崩れていくマルパスに、もう既に聞こえていないと分かりつつ、ソフィアは言わずにはいられなかった。

塵の中に埋もれる魔石を無言で回収し、タクミのもとへと三人は急ぐ。

12　ブエルとアガレス

ブエルとレーヴァ、アガレスとアカネは魔法使い同士らしく、お互いに魔法の撃ち合いになっていた。

相手からの魔法を障壁で防ぎながら魔法を放ち合う。ただ、アカネとレーヴァは同時に襲いかかる黒い魔物にも対処しないといけない。

武人だったマルパスや、与えられた力に酔ったガミジンと違い、ブエルとアガレスは配下の魔物を己の盾とし、さらにレーヴァやアカネを襲うよう仕掛けてきた。

魔法を放ち、同時にブエルからの魔法を障壁で防ぎながらレーヴァが叫ぶ。

「正々堂々と勝負する気はないのでありますな！」

「ククッ、当たり前だろう。私はガミジンやマルパスとは違うのだよ。どうして対等な条件で戦う必要がある？」

ブエルがそう言うと、少し離れた場所にいたアガレスもレーヴァやアカネ達を嘲《あざけ》るように笑う。

「戦いは数なのじゃよ。小娘達に地獄を見せてやるわい」

それを聞いて今度はアカネが笑う。

「ハハッ、魔物の力に染まって頭も弱くなってるのかしら。ルル、雑魚はお願いね」

「雑魚はルルにお任せニャ！」

アカネを守るように待機していたルルが、縦横無尽に駆け始める。獣人族《じゅうじんぞく》の中でも俊敏な動きが得意な猫の獣人であるルルが、その力を存分に見せつける。

元はシドニア神皇国で親の代からの奴隷だったルル。アカネ付きの侍女《じじょ》になれた事でその運命は劇的に変わった。

もしアカネについていかなければ、自分もそうなっていたかもしれない今回の犠牲者達を思うと行き場のない怒りが湧いてくる。

獣人族への差別が激しかったシドニア神皇国に良い思い出はないが、それでも懸命に生きる人達が無惨に殺されるなんて許してはいけない。

「フェリル！　あなたも暴れてOKよ！」

「ウォォォーーン！」

ルルが高速で動き回り、魔物を葬り始めるのを確認したアカネは、従魔であるフェリルを呼び出した。

巨大な狼系従魔のフェリルがアカネの陰から飛び出すと、周辺の魔物を蹂躙する。

一方、レーヴァに襲いかかろうと近づく魔物の頭が突然爆《は》ぜた。

ボッ！

気配を消してレーヴァを守っていたマーニの縄鏢《じょうひょう》が空間を支配する。扱いの難しい縄鏢を、持ち前の器用さと努力で短期間でものにしたマーニに死角はない。

「簡単に近寄れると思わない事です」

マーニは縄鏢と体術、短剣を自在に操り、時には投げナイフを投擲《とうてき》し、遠近の距離を問わず、魔物を圧倒していた。

本来、臆病で戦いに向かないとされる兎の獣人であるマーニだが、その身体能力は獣人族だけあり高い。

しかも兎人族《うさぎじんぞく》の特徴なのか空間認識能力に優れ、今のような遠近を問わない戦闘方法を身に付けるに至っていた。

ブエルと魔法の撃ち合いをしていたレーヴァに近づく人型の魔物が現れたが、マーニは一瞥《いちべつ》すると他の魔物の対応を続ける。

魔物の攻撃がレーヴァに届く距離に入ったかと思われた時、その人型の魔物の頸が飛んだ。

「フフッ、レーヴァの側にはセルちゃんがいるであります。セルちゃんの守りを抜けて近づくなんて無理でありますよ」

「ニャァァーー！」

レーヴァを守っていたのは、セルヴァルのセル。

セルヴァルは、大型の猫の魔物だ。

本来のセルヴァルは、瘴気で強化された魔物を一撃で葬れるほど強くはないが、レベルアップを重ね、存在を進化させて強力な従魔となっている。

バールの力で、多少その効果は打ち消されてはいるが、それでも残る聖域結界《サンクチュアリィフィールド》の影響で動きの鈍った魔物を蹂躙するなど、簡単な事だった。

数の暴力が効かず、その数を急激に減らしていく配下の魔物。

ブエルとアガレスの周辺に配置した魔物は、用意した魔物の中でも特に強化が成功した個体のはずだった。それが相手を一人として減らす事なく倒されていく。

その事にブエルとアガレスは焦り始める。

二人は純粋な魔法使いタイプ。

魔人となり強化されて豊富な魔力を誇ってはいたが、それでも無尽蔵ではない。魔力が切れれば、それは手足を失ったも同然だった。

とはいえ、ブエルとアガレスには魔法による攻撃しか残されていない。アカネとレーヴァからの予想以上の魔法に晒され、身を守りながら攻撃を仕掛ける。それはブエルとアガレスを急激に消耗させていく。

さらに、マルパスのように魔人となってから自らを高める訓練など二人はしていない。配下である黒い魔物を増やし強化する事に注力していたのだ。アカネやレーヴァを相手にするには力不足としか言えない。

「クッ、クソッ！　我らは人を超えた存在！　ただの人族や獣人に負けるわけにはいかんのだぁ！」

「何故じゃ、何故儂の魔法を防げる。何故儂にダメージがあるのじゃぁー！」

自身の障壁を抜けてダメージが入り始め、ブエルとアガレスが余裕なく叫ぶ。

「あら、どうしたの？　魔力の残りが心配かしら」

「レーヴァ達は、まだまだ余裕でありますよ！」

そうアカネとレーヴァが言い、二人はアイコンタクトを取ると、ブエルとアガレスに魔法を放ちながら、さらに周囲の魔物へも同時に魔法を撃ち始める。

「なっ⁉」

「バッ、バカな……」

それを見たブエルとアガレスが絶句する。

それはそうだろう。今アカネとレーヴァは、ブエルとアガレスを攻撃する魔法、自分達を守る障

壁魔法、周囲の魔物を攻撃する魔法の三つを同時に使用し、魔力の残量に余裕があるという事を言外に示したのだ。

その事実に、ブエルはともかく、もともと魔法使いだったアガレスの受けたショックは大きかった。

アカネやレーヴァの魔力が自身よりも遥かに大きいと突きつけられたのだから。

あってはならない。人族と獣人族が、長年魔法を研鑽《けんさん》してきた自分より上など。しかも魔人として生まれ変わり、その上強化された自分が人族や獣人族より劣る。そんな事はあり得ないと憤る。

追い詰められたせいか、アガレスが配下の魔物をも巻き込む魔法を放ち始めた。

「それならば、これでどうじゃあ！」

「アガレス！　落ち着くんだぁ！」

流石にブエルは、自分で配下の魔物を減らすアガレスを止めようとするが、孫ほど年の差のある小娘に、自身のアイデンティティである魔法で負けるなどアガレスには耐えられなかった。もはやブエルの声は届かない。

錯乱したアガレスは範囲魔法を連続して放つ。

「あら、これはこれで楽ね」

「お爺ちゃん、どうしたでありますか？」

周辺を巻き込む魔法を受けても平然とするアカネとレーヴァ。

魔法の爆炎で姿は見えずとも、余裕を見せる二人の声はアガレスに届いた。それに苛立ち、なおも魔法を放ち、やがて魔力が枯渇してぜえぜえと肩で息をするアガレス。

「こっ、これで無事では済むまい…………なっ、なぁ⁉」

風が吹き抜けて爆煙が晴れると、そこには傷一つないアカネとレーヴァ、ルルやマーニ、フェリルやセルの姿があった。

アカネとレーヴァの周辺にはそれぞれ、両端が尖《とが》った三十センチほどの長さの双六角錐が四本浮いていた。

タクミとレーヴァの合作で、四本の双六角錐を自在に動かし結界を張る。

武器であり防具であり魔導具。

浮かせるのと動かすために自前の魔力を使う必要があるので、常に使えるものではないが、今回のように広範囲を守るには最適だった。

元ネタは、タクミが子供の頃熱中した宇宙世紀を舞台に人型機動兵器が活躍するアニメだ。

そんな魔導具の事を初見で看破出来ないアガレスの驚愕は、ブエルも同意だった。錯乱したとしか思えなかったアガレスの行為だが、それでもアカネ達が無傷で済むなどブエルにとっても想定外だった。

放った魔法は間違いなく強力なもの。今のブエルやアガレスにこれ以上の魔法はない。

「なっ、何故じゃ！　無傷だとぉ！」

そのアガレスの叫びに、アカネはフンと鼻を鳴らす。

「雑魚の始末ご苦労様。さあ、あとはあんた達だけよ」

「レーヴァ達が、あの程度の魔法にやられると思うおバカさんにお仕置きであります」

勿論、アカネやレーヴァが全員を魔法から守ったのだが、それがなくてもアカネ達にはタクミ特製のアクセサリーや防具があるので、たいしたダメージはなかっただろう。

魔人というバケモノになったとはいえ、所詮地方の役人と一流になれなかった魔法使い。

勇者召喚されたアカネと、稀有《けう》な魔法の使い手である狐人族《きつねじんぞく》のレーヴァに対するには力不足だった。

「じゃあ、今度は私達の番ね」

アカネが四本の双六角錐をブエルとアガレスに向けて飛ばすと、レーヴァも同じく四本の双六角錐を飛翔させる。

そう、当然の如く双六角錐は結界を張るだけのものではない。

二人が操る双六角錐の無属性の法撃がブエルとアガレスを襲う。

それに加え、アカネとレーヴァからも濃密な魔法が放たれた。

様々な角度からの法撃に、必死に障壁を維持しようとするブエルとアガレス。

しかし、枯渇していく魔力と積み重なるダメージを自覚し、絶望の中塵となったのは、その直ぐ後だった。

アカネとレーヴァは魔石を回収するとマナポーションを飲み、先へと進む。タクミが戦っているであろう地へ。

13　神に創られし者と悪意に創り出されし者

元教会だった場所の中には、聖域結界《サンクチュアリィフィールド》の効果を打ち消すために力を使い、酷く消耗した様子のバールがいた。

闇に生まれた魔人や魔物、その盟主であるバールは、少しでもこの聖域結界《サンクチュアリィフィールド》を抑えないと、戦いのリングにも上がれない。

実際、バールがここまで力を使い聖域結界《サンクチュアリィフィールド》の効果を打ち消すまで、ただそこにいるだけで身を焼かれるような苦痛があった。

それがなくなったからこそガミジンやマルパス達は打って出たのだ。

立っているのもやっとなほど消耗したバール。そこに唯一、バールの側を離れなかったグレモリーが近づいてきた。

「バール様……」

「グレモリーか、君は行かないのか?」

ガミジンやマルパス達が嬉々として戦いに向かったにもかかわらず、一人残ったグレモリーに、バールが責めるでもなく聞いた。

「ええ、戦いなんて興味ありませんから」

「フフッ、君が僕の想いに一番近いようだ」

バールが楽しそうに笑う。

彼に寄り添うグレモリーが、疲れた様子のバールに提案する。

「バール様、私で回復してください」

「……グレモリー、意味は……分かっているよな」

バールは笑顔を消し、真剣な表情でグレモリーに問う。

「バール様、貧しい農村に生まれ、実の親に売られて場末の娼館で底辺の生活を送っていた私が、魔人になって初めて思い通りに生きられたんです。どうせなら最後はバール様の糧となって終わりたいのです」

「グレモリー……」

バールの返事を待たず、グレモリーがおもむろに自分の胸に手を突き入れ、魔石を取り出した。

魔人や魔物にとって魔石は命と言えるもの。それなくしては生きられない。

崩れ落ちるグレモリーの体をバールが受け止める。

「……死後の世界があるのか分かりませんが、お先に向こうでお待ちしています」

「グレモリー、直ぐに私も行くから、それまで少し休んでいてくれ」

「バール様……」

グレモリーは、バールの腕の中で微笑《ほほえ》みながら逝った。

バールがグレモリーをそっと横たえると、彼女の体がサラサラと崩れて消える。ある程度、効果を打ち消したとはいえ、聖域結界（サンクチュアリフィールド）の影響下で、魔石を失ったグレモリーは姿を留める事は出来なかった。

その光景を見つめていたバールはくすりと笑う。決してこの世界に受け入れられる事のない闇に生まれし魔人も、この地に生きた人間も、土に還れば一緒だと思ったのだ。叶うなら、その魂は安らかであるよう祈りながら。

「……グレモリー、直ぐに行く」

もう一度そう言うとバールは、グレモリーが自ら抉《えぐ》り出した魔石をその胸に取り込んだ。

次の瞬間、消耗していたバールの身に力が溢れ、更なる高みへと到達する。

「フフフッ、人間にとっては、少々ハードルが高くなったが、それも世界の安定のためなら頑張り甲斐があるだろう」

バールは、近づいてくる大きな力の持ち主を感知し、教会の入り口を見据える。

◇

そこは異様な建物だった。

形としては、よくある神光教《しんこうきょう》の教会なのだろうが、その色が白ではなく、煤《すす》けた灰色。ここが今回の惨劇の中心地だった。ゴーストタウンとなった後、崩れ落ちた廃墟《はいきょ》だったはずの教会は、その姿を変貌させていた。

僕――タクミが意を決して重厚な扉を開けると、広い建物の中、かつて祭壇が置かれていたと思《おぼ》しき場所の前に、黒い肌の男が立っていた。

誰かと問わなくとも分かる。

その男から発せられる尋常じゃないプレッシャーと禍々《まがまが》しい魔力と濃密な瘴気から、この男が今回の惨劇の首謀者、もしくはあの魔人達が崇《あが》める存在だと。

警戒度をマックスに引き上げる僕に、黒い肌の男から話しかけてきた。

「人族の青年よ、ようこそ、我が家へ。我が名はバール、黒き魔物を生み出す核となりし存在だ」

「僕は、タクミ・イルマ！　何故、こんな事をしたんだ！」

実際に惨劇が起こってしまった後に、今さら理由を聞いても意味はないと分かっているけど、聞かずにはいられなかった。多くの魔物により旧シドニア神皇国だけじゃなく、周辺国にも大きな被害が出ていた。

僕もここまで来る間に、数えきれないほどの多くの死者を見続けてきた。その中には、無惨にも原型をとどめず肉片にされた被害者も多かった。

その光景を思い出しただけで、体の中から抑えようのない怒りが湧き上がってくる。

バールと名乗った男が、何の感情も表に出さず、淡々と話しているから余計に苛立つのかもしれない。

「何故か………イルマと言ったな。我が誕生した経緯を話そう。女神アナトを滅ぼしたお前なら聞く資格はあるだろう」

「なっ⁉」

何故、僕があの邪精霊を滅ぼしたと分かったんだ。

ただ、邪精霊を女神アナトと呼んだ事で、バールという存在がどういうものなのか、だいたいの事が察せられた。

「我が知っているのが不思議か？　何、簡単な話だ。我はカケラから僅かな記憶を受け継いでいるからな」

バールと名乗った男が話し始める。

この男を生み出したのは、神光教の神官だという。

魔大陸《またいりく》のダンジョンで滅したはずの邪精霊アナト。その砕けた結晶のカケラを核として、多くの魔物や人間を贄《にえ》として取り込み、邪法によりこの世に生み出された。誕生の瞬間から歪な存在。それがバールだった。

あのダンジョン崩壊のどさくさに紛れ、砕けた結晶が回収されていた事もそうだが、目の前の男、バールがその結晶から記憶を受け継いでいる事に驚かずにはいられなかった。

「貴様には分かるか？　世界の理《ことわり》を歪め、魔のモノとして生まれながらに破滅する未来しかない者の気持ちを。これは言ってみれば、とびきり派手な自殺なんだよ。どうせ我らは絶対に人とは、この世界とは相容《あいい》れない。何故なら、我らはそこにいるだけで周りを瘴気で侵すのだから。だからといって我らが人に取って代わる事も難しい。我らは子孫を残さない。魔物や魔人なら造れるがな。そんな事は流石に創世の女神ノルンが許さんだろう。ならば派手に暴れるだけ暴れて消えてやろう」

「か、勝手な事を……どれだけの関係ない人間が死んだと思っているんだ！」

バールは、歪んだ理想や思想を持つテロリストでもなく、ただの自殺志願者。しかも一国を巻き添えにした最悪の存在だった。

バールが身の丈ほどもある、刀身まで黒い禍々しい大剣を振り上げて肩に担ぐ。あまりの瘴気に黒く霞《かす》んで見える異様さだ。

「さあ、祭りのクライマックスだ。派手に踊ろうではないか」

「今度こそ、全てに決着をつける！」

僕は、聖剣ヴァジュラとフドウを抜き、バールを見据える。

一瞬の沈黙の後、僕達は駆け出し、互いの剣をぶつけ合った。

14　駆逐される魔物

旧シドニア神皇国のほぼ全土を覆う聖域結界《サンクチュアリィフィールド》の力により、溢れ出た黒い魔物の動きが阻害され、ランクの低い魔物などは体の瘴気を浄化されて魔石を残し消えた。

ロマリア王国側やサマンドール王国側に入り込んだ魔物を、騎士団や冒険者、それとタクミ達が駆逐し、今彼らは旧シドニア神皇国内に残る魔物の掃討に移っていた。

ここサマンドール国境付近から進軍した聖域騎士団と魔法師団も、シドニア内部へと深く入り込んでいた。

聖域騎士団団長のガラハットが、元冒険者パーティー『獅子の牙』のリーダーだったヒースに指示を出す。

「ヒース！　一隊を率いて周辺を哨戒し、残る魔物を駆逐せよ！」

「了解！　火、水、土、風から一小隊ずつ選出します！」

ヒースはそう言うと、自身の火精《かせい》騎士団から一小隊選び、水精《すいせい》騎士団、土精《どせい》騎士団、風精《ふうせい》騎士団にも一小隊を選出するよう要請する。

ガラハットは同じく元『獅子の牙』のライルを呼ぶ。

「ライル！　ライルはおるか！」

「ああ、団長、呼んだかい？」

元冒険者で、Aランクにまでなったライルは、聖域に移住して騎士団員となった今でも、その口調が変わらなかった。

ただ長年バーキラ王国で近衛騎士団の団長を務めたガラハットも、多種族が集まる聖域騎士団では、最低限の礼儀さえあれば、細かな事をうるさくは言わない。

「ライル、避難者の移送と死者の埋葬はどうなっておる？」

「ああ、避難者は、サマンドール王国の冒険者が保護してくれているよ。勿論怪我人はうちで治療してる。死者の埋葬も冒険者が手伝ってくれてるから、あと少しでこの付近は終わりそうだ」

「ふむ、では終わり次第、移動する準備に取り掛かれ」

「了解」

手をヒラヒラさせ駆け去っていくライル。

普通の騎士団なら有り得ない光景だが、上下関係の比較的緩い聖域騎士団では珍しくない。この辺は、聖域の管理者であるタクミの気質も影響しているのだろう。

ガラハットは残る元『獅子の牙』の一人、ボガを呼ぶ。

「ボガ！」

「……ここに」

火精騎士団でも一番大柄なボガがガラハットのもとにやって来る。

「魔物の死骸処理の進捗はどうだ？」

「……タクミの聖域結界《サンクチュアリィフィールド》のお陰で、魔石と牙や爪、骨を遺して塵になる魔物が多い。それを拾い集めるのに少し時間がかかっている」

陸戦艇サラマンダーや、強襲揚陸艇サンダーボルトが蹂躙し、その後騎士団や魔法師団が駆逐した魔物の死骸の処理は、タクミの聖域結界《サンクチュアリィフィールド》のお陰で随分と楽になっていた。勿論、黒い魔物といってもその強化度合い、瘴気に侵されている具合が違うため、残る死骸の状態は様々だ。

ただ、第二波以降の魔物はほぼ死骸は残らない。

それだけ黒い魔物が瘴気に侵されていたという事なのだが、その後始末をするボガ達は、主に魔石を拾い集めるだけで済んだ。

「数が数だからな……骨や牙はともかく、魔石さえ拾い集めればいいだろう」

「……分かった。手の空いている冒険者にも声をかける」

「うむ、頼む。冒険者には拾った魔石は報酬として自分のものにしていいと伝えてくれ」

「……了解」

魔物は魔石を取り込む事で、強力な個体へと進化する事があるだけに、魔石の回収は必須だった。今後、この付近に魔物が出現するかどうかは分からないが、気を付けるに越した事はない。

ボガがその場を離れると、ガラハットは通信の魔導具を手に取った。

そしてバーキラ王国近衛騎士団の団長であり、息子でもあるギルフォードへと通信を繋ぐ。

「こちら聖域騎士団のガラハット、そちらの状況はどうだ?」

『父上、私達は一時間後にロマリア王国の騎士団と、シドニア中心部へ向けて進軍を開始する予定です。なお、国境付近の守備と我らの後方支援には、ユグル王国の騎士団にあたっていただきます』

「ふむ、一時間か……流石に人の数が多いと違うな。儂らも何とか一時間あれば進軍出来るか」

『父上達には、ガルーダやサンダーボルトがあるので、少々の進軍時間の遅れは大丈夫ではないですか』

「それもそうじゃが、聖域騎士団としては、他の騎士団に後《おく》れを取るわけにはいかんからな。何せ我ら聖域のトップが、先行しておるのだから」

ガラハットは、通信を一方的に切ると、大声で指示を出す。

「一時間だ！　一時間で進軍するぞぉ！」

ガラハットの指示を受け、騎士団と魔法師団が慌ただしく動き始める。

騎士団員がサマンドールの冒険者にその場の引き継ぎを急ぎ、陸戦艇をガルーダに搭載し、撤収する準備が急ピッチで進んでいく。

遊撃に出ていたヒース達をピックアップし、ガラハット達聖域騎士団が、シドニアの中心部へと進軍を開始したのは、ピッタリ一時間後だった。

15　教会での激闘

ブォーン！

バールの振るう大剣が唸りを上げる。分厚く肉厚なそれは、剣と呼ぶには武骨過ぎた。ただ、掠る事すら危険だと僕の直感が告げている。

僕はそれを受ける事なく体捌きで回避する。

元神光教の教会の様な建物の中で始まったバールと僕の戦闘は、バールの大剣による乱暴過ぎる初撃から幕を開けた。

ドガァーーン!!

バールの振るった大剣が石造りの床を砕き、破片が飛び散る。

「フッハッハッ！　手始めにお前を葬り、あとは力尽きるまで殺し尽くして終えてやる！」

「クッ、身勝手なお前のせいで、万を超える人が死んでるんだぞぉ！」

バールの言葉に、心の底から怒りが湧き上がる。

確かにバールの生まれた経緯には同情すべき点は多い。しかも、それが僕達に関わりがないとは言えないだけに余計だ。

だけど、ただ自分自身の滅びのために、周りを巻き込むなんて、許せるわけがない。

「お前は、ここで僕が止める！　これ以上、犠牲など出させるかぁ！」

「ほぉ、大きな口を叩く。やれるならやってみせろ！」

僕とバールの立ち位置が目まぐるしく変わり、教会の床や壁がバールの大剣で粉砕される。

バールの持つ大剣は、刀身から柄《つか》まで真っ黒で、禍々しい瘴気を纏っていた。

聖域結界《サンクチュアリィフィールド》の範囲内にもかかわらず、その効果が限定的なのは、僕にも分かっている。おそらくバールが何らかの方法で、浄化の効果を抑えているのだろう。それでも全ての効果を打ち消す事は無理なようで、若干ではあるが、浄化の魔法を感じ取れる。

そんな限定的とはいえ浄化の魔法の中で、一目で分かる禍々しい瘴気を纏う大剣は、一言で言えば異様だった。

ガンッ！

斬り下ろしの一撃を聖剣ヴァジュラで受け流す。

光属性の剣、ヴァジュラとフドウを用意していてよかった。瘴気を振り撒くバールに対する天敵なんじゃないだろうか。

回避しても身体の近くを通っただけで、普通の人ならバールの大剣から発せられる瘴気の影響があったはずだ。

聖域結界《サンクチュアリィフィールド》の中でさえ、刀身に黒い霧のように濃密な瘴気を纏う尋常ならざる魔剣。

だけど、僕には通用しない。

予め魔大陸のダンジョンの時に使った、瘴気対策のアミュレットを装備している。それに加え、僕の身体は女神ノルン様製だ。瘴気には耐性がある。さらに、二本の聖剣が瘴気を切り裂く力を僕にくれる。

バールは、己の身の丈ほどもある大剣を、まるで重さを感じさせない勢いで振り、僕を斬りつけてくる。

その暴風のような斬撃の余波で、教会の明かり取りの窓ガラスが割れ、石造りの床や壁に傷を刻む。

得物の長さを活かし、僕を懐《ふところ》に入れぬよう繰り出される、まるで嵐のようなバールの剣撃。

それを僕は、回避し、捌き、受け流す。

カンッ！

時折、バールの大剣を僕がヴァジュラとフドウで受け流すと、剣と剣が触れる度に、バールの魔剣が苦しげに悲鳴を上げるかのように、どす黒い瘴気を噴き出す。

その時、不意に何かを感じたらしいバールが、後ろへ飛んで間合いを取った。

「……ガミジンとマルパスが逝ったか」

「直ぐに周りの魔物も魔人も駆逐される！　もう諦めろ！」

どうやらレーヴァやソフィア達が幹部の魔人を倒したのを感じ取ったようだ。

僕は、大人しく捕縛されるよう促すが、バールはとんでもないという顔で笑った。

「何を諦める必要がある。ガミジンもマルパスも、闘争の中で逝ったのだ。さぞ満足だっただろう。それに最初に言ったとおり、これは我にとって、派手な自殺だ。そのついでに、醜悪な人間を殺せるだけ殺す。それだけの事だ」

「貴様！」

僕は一気に間合いを詰めて、ヴァジュラをバールの胴目掛け、振り抜く。

ガンッ！

「クッ！　そう！　我の最期《さいご》の戦いなのだ。そうでなくてはな！」

バールは漆黒の大剣で、ヴァジュラを受け止める。

片手剣と大剣という質量の差はあれど、僕の全力の剣撃を受け止めるのは、魔人の膂力を持つバールでも難しい。

バールは魔剣ごと後ろへと二、三歩押しやられる。

「僕がお前をノルン様のもとに送ってやる！」

「ハッ、女神ノルンのもとなどまっぴら御免だ。我らの行く先は、配下達が待つ地獄のみだ！」

バールが大剣を振り上げ、大上段から斬り下ろす。

チンッ！

護りの剣フドウで大剣を最小限の力でいなし、懐に入ってヴァジュラを振り抜く。

ガンッ！

バールが腕に装着した籠手で防御する。

「チッ、このままでは籠手が持たん。何て斬れ味の剣だ！」

咄嗟の防御が間に合ったバールが後ろに飛び去り、間合いを取ると、籠手を見ながら苦々しく吐き捨てた。

見るとバールの籠手には、深々と斬撃の跡が残っていた。

僕はバールの胴を断つつもりの一撃が、深いとはいえ籠手を切り裂いただけで終わった事に驚いていた。バールの反射神経は、人のそれを遥かに凌駕《りょうが》している。

「さあ、お互いの命を懸け、楽しい殺し合いを再開しようではないか！」

バールが僕に向けて駆け出し、僕もバールへと駆け出した。

16　集結

ザシュッ！

風を纏う暴風の槍テンペストが繰り出され、何かを護るように配置された魔物を斬り刻むソフィア。

「ヤァーー！」

「えい！」

その近くでは、ベールクトとフルーナの二本の槍が躍り、人為的に強化され、生み出された黒い魔物を蹂躙する。

バールを支える幹部と言える獅子の頭に四本の腕を持つ魔人マルパスを倒した三人は、この惨劇を引き起こした首魁《しゅかい》の討伐に向かったタクミのあとを追っていた。

「もう！　鬱陶しいですね！」

「ベールクトちゃん、我慢よ、我慢」

立ち塞がる魔物を突き刺しながらベールクトが愚痴を言い、フルーナが宥《なだ》める。

ベールクトとフルーナは、お互いをフォローしながら絶妙な連携で魔物を殲滅していた。

二人は、それほど一緒に戦った事はないのだが、その連携は長年コンビを組んでいたようにスムーズだ。

「ベールクト、油断しない。聖域結界《サンクチュアリィフィールド》のお陰で、魔物の動きが鈍い事を忘れるな」

「そうだな。分かったよ、ソフィアさん」

ハイペースで魔物を殲滅する二人に、ソフィアが釘《くぎ》を刺す。

「そうよ、ベールクトちゃん。今のうちに魔物をいっぱいやっつけて、タクミ様に褒《ほ》めてもらうのよ」

「おお！　頑張ってタクミ様に褒めてもらわないとな！」

何か目的がおかしいと思うソフィアだが、やれやれと気を取り直して新たな魔物へ駆ける。

遠くに見える教会のような建物の近くで、爆炎が何度も立ち上っているのがソフィアには見えていた。

あれはタクミをサポートするように周囲の魔物を葬っているマリアの仕業だろう。

早く自分も駆けつけたいが、この地に黒い魔物を残してはおけない。

暴風槍で薙ぎ払い、魔物を切り裂いた時、ソフィアは何かが近づいてくる気配を感じた。

それは彼女がよく知る仲間の気配だった。

ドガァーーン‼

いくつもの火球が降り注ぎ、光の槍が魔物を貫く。

「ソフィア！」

「「「ソフィアさん！」」」

駆けつけたのは、ブエルとアガレスを倒し、周辺の魔物を殲滅しながら走るアカネ、レーヴァ、マーニとルルだった。

魔法使いであるアカネやレーヴァが、魔力の残量を気にせず魔法を使えば、その殲滅力は仲間内でも突出している。その二人をマーニやルルがサポートするのだから、短時間で合流出来たのも当然だろう。

「アカネ！　マーニ！　レーヴァ！　ルル！　無事だったか！」

「当たり前じゃない！　ソフィア！　手早く雑魚を片付けるわよ！」

「分かった！」

ソフィアがアカネに応える。

彼女は、改めて周辺の確認をする。

前方、タクミが向かった方向には、マリアが今も健在で暴れているのが分かる。タクミの戦いに邪魔が入らないようサポートし続けているのだろう。

このあたりでは、駆けつけたレーヴァやアカネが魔法で、マーニやルルが短剣や飛び道具で魔物を殲滅している。

フルーナとベールクトも、まだまだ疲れた様子を見せず、元気にコンビネーションで魔物を葬っていた。

ドォーーンッ！

後ろで地面を揺らす轟音が響く。

振り返らなくても、タイタンが暴れていると分かった。

少しずつ、それでも確実に魔物を減らしながら前進するソフィア達。そこにタイタンとよく知る人物が近づいてきた。

「ソフィアの嬢ちゃん。どんな状況だ！」

「バラック殿、ご無事で何よりです。私達は現在、魔物を殲滅しながら、タクミ様のもとへと向かっています。間もなくこの付近の魔物もあらかた掃討し終えるでしょう」

タイタンと共に駆けつけたのは、ボルトンの冒険者ギルドのギルドマスター、バラックだった。

ソフィアは、廃教会に目を向け、言外にタクミが今あそこで戦っていると告げる。

「先に、タクミの所に駆けつけなくてもいいのか？」

「聖域結界《サンクチュアリィフィールド》を発動している魔導具の稼働時間にも限界がありますから、魔物を殲滅する事が優先です」

「なるほど、それなら俺も頑張らねぇとな」

バラックが首を傾げたのは、ソフィア達なら何をおいてもタクミのもとへと行こうとすると思ったからだ。

だが、話を聞いて納得する。

通常の魔物を強化した黒い魔物。

これが聖域結界《サンクチュアリィフィールド》という枷《かせ》から解き放たれると、ソフィア達や聖域騎士団はともかく、冒険者達は危ない。

「ソフィアの嬢ちゃん、俺は冒険者達を率いて討ち漏らしを探すぞ！」

「お願いします」

バラックは、ここはソフィア達に任せても大丈夫だと判断し、自分は冒険者達を連れて、後方へと駆けていった。

マリアは一人、タクミの戦っている教会の近くで雑魚敵を掃討していた。

焔槍エクスプロードに魔力を込めて薙ぎ払うと、焔の刃が広範囲を焼き払う。

マリアの周囲に火球がいくつも浮かび、彼女の意思をのせて黒い魔物を蹂躙する。

マリアは元騎士のソフィアのように剣は使えない。訓練すれば上達しただろうが、彼女は槍一本に絞った。

人族では稀有な魔法への高い適性があったため、武術は槍を極めると決めた。それがタクミの力になる道だと信じて……

今も陰ながらタクミのサポートに徹する。

それが自分の役目と決めたから。

焔槍を振るい、多彩な魔法を操るオールラウンダー。

赤い髪を靡《なび》かせ、マリアは戦場を駆ける。タクミの存在を感じながら。


ソフィア達も、アカネやレーヴァ、タイタン達が合流した事により、魔物の殲滅スピードが上がり、着実に教会へ近づいていった。もう直ぐマリアとも合流出来るだろう。

そんな時、教会とは反対側やソフィア達がいない場所に、法撃による爆音が響いた。

「サンダーボルト、聖域騎士団も来ましたか」

ソフィアが見上げた空には、二機のサンダーボルトが飛んでいた。

やがてサンダーボルトが比較的平らな土地を重点的に攻撃し始める。元は街だっただろうこの場所は、周辺に平坦な土地が多い。

サンダーボルトの攻撃は、ガルーダ用の滑走路を仮設する準備だ。

聖域騎士団の本隊が来る。

その場の全員が瞬時に理解し、魔物の殲滅よりも目標地点へと前進する事を優先する。

17 黒の暴風

ドゴァーンッ！

禍々しい漆黒の大剣を乱暴に振り回すバール。

速さとそのパワーはたいしたものだと思うが、回避するだけなら僕――タクミには難しくなかった。

バールが武術の達人ではない事が幸いしている。もし、これでバールが剣に長《た》けていたらと思うと、背中に冷たい汗が流れる。

ただ、バールの持つあの魔剣は、振るわれる度に、瘴気を撒き散らす。

勿論、聖域結界《サンクチュアリフィールド》が発動している中では、その瘴気は直ぐに霧散してしまうのだけど、僕でもアミュレットがなければやばかったかもしれない。

それほど濃密な瘴気だ。

それはともかく、これほど動き続けてもバールの大剣の勢いは止まらない。驚愕に値する無尽蔵なスタミナで僕を攻め立てる。

肌の色が黒い以外、人間と変わらない姿をしているバールだけど、その身体能力はやっぱり人外だった。この世界でもトップレベルだと自負出来る程度に高レベルな僕よりも、明らかに身体能力は上だ。

普通の人間なら持ち上げるので精一杯だろう、身の丈ほどもある大剣を、膂力のみで高速で振り回している。

そう、バールの剣は、膂力任せの乱暴なものだった。

技術や経験に裏打ちされた剣術などではなく、ただただ人外の力でもって敵を打ち壊す力の剣だ。単純であるが故に速く鋭い。

剣を含めた戦闘の技術は僕が上。ただ力は圧倒的にバールが上。その力でもって、技術や経験の差を強引に埋めている感じだ。

さらに厄介なのが、バールの力任せの斬撃で、実際には掠りもしていないのに、僕が傷を負っている事だ。

小さな掠り傷程度なので、時々ヒールを唱えるだけで直ぐに治るんだけど、余計なストレスになっているのには違いない。

僕はフドウとヴァジュラによる連撃を仕掛ける。

カカカカンッ‼

バールは多少攻撃を受ける事を許容し、致命傷になりそうなものだけを防御する。

ブォーン!!

そして僕の連撃をはね返すように、大剣を大きく横薙ぎにし、僕を引き離す。

「ガァァッ!!」

ブォーン!!

大剣を躱しながら反撃するも、あと一歩の踏み込みをバールが許さない。

バールに与えた浅い切り傷は瞬く間に回復してしまう。間違いなく弱点である聖剣での攻撃なのに、回復するスピードが速過ぎる。

はっきりとは分からないけど、この地はバールにとって特別な土地なのかもしれない。

何故か、この地から力を吸収しているような気さえするのだ。何か仕掛けがあるのか、それともバールがこの地で生まれたからなのか……

「ちょこまかと羽虫か貴様!」

ガキィィンッ!!

僕をなかなか仕留められない事に、少し苛ついてきたのか、バールの剣がより乱暴なものになってきた。

横薙ぎに振るわれた大剣を、僕はヴァジュラとフドウの二本で受け止める。

「チッ！　忌々《いまいま》しい剣だな！」

禍々しい大剣と二本の聖剣がぶつかり合い、魔剣の瘴気が打ち消されるのをバールが嫌い、後ろに大きくジャンプして間合いを取る。

「光槍乱舞《こうそうらんぶ》！」

僕は瞬時に光の槍を八本周囲に浮かべ、それをバールに放つ。

光の槍が瘴気を切り裂き、バールへと殺到する。

「フンッ!!」

ブゥォォォォーーン!!

バールの持つ漆黒の大剣から膨大な瘴気が噴き出し、それを振るい光の槍を相殺した。

一旦仕切り直し、睨み合う僕とバール。

「シッ！」

「ハッ！」

ほぼ同時に間合いを詰めて激突する。

ドンッ!!

ガキッ！　ギンッ！

ただ力任せのバールの剣とは違い、僕にはソフィアと積み上げた剣術がある。魔物の攻撃のように単純なバールの大剣を見切り始めていた。

あと一歩が踏み込めないイライラはあるけど、戦いの中で冷静さを忘れるほど未熟でもない。

ドガァーーン!!

バールの無茶苦茶な攻撃で教会の壁や床、しまいには天井までもが崩壊し始めていた。

僕は降り注ぐ天井の残骸を、直感スキルや気配察知スキル、身体制御スキル、高速思考スキルなど、身に付けた様々なスキルをフルに使い、バールの攻撃と併せて回避する。

バールはというと、頭上から落下してくる天井の残骸を避ける気配も見せず、ただ僕を攻撃し続けている。

瓦礫が当たろうと関係ないと言わんばかりに、バールの攻撃は止まらない。

僕は、足元にある邪魔な瓦礫を避け、バールに向けて蹴飛ばし、分解で砂に変え、足場を確保しながらバールの剣を捌き、受け止める。

ブォン！

横薙ぎに振るわれたバールの大剣を掻い潜り、後ろ回し蹴りを放つ。

ドゴッ！

「グフッ！」

ドガァーーン‼

壁に激突したバールの上に瓦礫が降り注ぐ。

ガラッ……

瓦礫を押し退け現れたバールには、大小様々な怪我や痣《あざ》があったが、僕が見ているうちに元通りに回復していってしまう。

「流石に、戦いの経験値はまだまだ貴様には及ばないようだ。だが、体力に限界のある人間の貴様に、いつまで我の攻撃を避け続ける事が出来るかな」

「……それは、お前も同じだろう。その回復力は無限じゃないはずだ」

「クックックックッ、そこまで見破っていたか。お前と我、どちらが先に力尽きるか、その身で試してみるがいい！」

ダンッ！

瓦礫を巻き上げ、バールが猛然と襲いかかってきた。

バール自身が言ったように、奴はまともな戦闘を知らないのだろう。

それを物語るような単純で純粋な暴力。

それがバールの戦い方だ。

バールの大剣が、今さっきまで僕が立っていた床を砕く。

大きく横に飛んで避けると、そこにバールの追撃が襲いかかる。

僕は空中へとジャンプした。

「馬鹿め！　空中では避けられまい！」

狙っていたようにバールの大剣が迫るが、僕は空中を蹴って避けながらヴァジュラを一閃《いっせん》する。

「グァッ！　空中を蹴っただとぉ!?」

ヴァジュラが掠った額から血を流し、驚愕の表情を浮かべるバール。

空中に無属性魔法のシールドを発生させて足場にするのは、僕達パーティーはよく利用する戦い方だけど、バールは初めて見たんだろう。

理解が及ばないようだ。

だんだんと崩壊する教会の中で、僕とバールの戦いは一層激しくなっていく。

18　シドニアが消えた日

元バーキラ王国、近衛騎士団団長で、現聖域騎士団の団長ガラハットが、自ら先頭に立って剣を振るい、的確に指示を出し部隊を展開する。

「この周辺の生存者は絶望的じゃ！　魔物の掃討を優先せよ！」

強襲揚陸艇サンダーボルト二機により、簡易滑走路が建設され、そこにガルーダが着陸。搭載されていた陸戦艇サラマンダーと、騎馬部隊が残敵の掃討に移った。

既にタクミが激闘を繰り広げている教会を目視出来る距離、今回の惨劇の発生地点近くまで、聖域騎士団は進軍してきていた。

それが意味するのは、このシドニアで発生した黒い魔物のスタンピードが終息しつつあるという事。

ガラハットは、部隊へと指示を出すと、改めて現状の確認をする。

「ふむ、あれは教会なのか？　不気味な色の建物じゃが、あそこが敵の本拠地か」

その建物の近くで上がる火柱は、間違いなくマリアのものだろう。

マリアの健在を確認すると、ガラハットはその他の場所に視線を移す。

こちらは直ぐに全員の無事を確認出来た。

ソフィア、マーニ、レーヴァ、アカネ、ルル、ベールクト、フルーナ、タイタンが、残っている魔物を殲滅しているのが見える。

他にも彼女達の従魔であるフェリルやグローム、セルも周辺の魔物と戦っているようだ。

不意に、ガラハットの視線の先の魔物が、突然バラバラになる。

勿論、そんな事が出来るものは少ない。

「いやっほー！」

カエデが姿を見せてガラハットにVサインし、再び姿をかき消した……かと思えば、いつの間にかツバキの背にカエデが乗っている。

最強のコンビが残り僅かとなった黒い魔物を蹂躙する。

やがて聖域騎士団の部隊が展開し、教会を中心に周辺の魔物を掃討していく。

すると、目に付く魔物を殲滅し尽くしたソフィア、ベールクト、フルーナがガラハットに近づいてきた。

「ガラハット殿、お疲れ様です」

「おお、ソフィア殿、ご無事で何より。流石ソフィア殿ですな。掠り傷一つなさそうだ」

「いいえ、私達はポーションも十分持ってきていましたから」

「え～、ソフィアさん、あのマルパスとかいう奴、ほぼ完封してたじゃないですか」

ソフィアは謙遜するも、ベールクトがそう言った。

「ベールクト、私達は三人であの魔人に対峙したのだ。大きな怪我がなくとも褒められるほどの事はない」

「そんな事ないですよ。だって、あのマルパスって魔人、腕が四本もあったんですよ」

今度はフルーナが口を挟んだ。

「腕が四本だろうが、六本だろうが、使い熟《こな》せなければ意味はない」

「ぶぅ〜、それはそうですけどぉ」

ソフィアはマルパスに三人掛かりで手間取った事を本気で悔いていた。勿論、ソフィア一人でも時間をかければ勝てた相手だが、今回は状況がそれを許さなかった。

「まあ、何にせよ、三人ともご無事で何よりですじゃ」

「ありがとうございます。私達は、マリアのもとへと向かいます。ガラハットさんは？」

「儂らは周辺の魔物を掃討しながら教会に合流する予定じゃ」

「では、私達は先に進ませていただきます」

「うむ、お気を付けて」

ソフィアは、この場をガラハット達聖域騎士団に任せ、自分達は教会近くで戦っているマリアと合流するため駆け出した。


タクミをサポートしながら教会へとたどり着いたマリアは、引き続き、一人教会周辺の魔物と戦っていた。

「はっ！」

ドーンッ！

焔槍エクスプロードを突き刺し、魔力を流し込むと炎の柱が立ち上がる。

魔物は炎に焼かれ炭となり、聖域結界《サンクチュアリィフィールド》の効果で魔石を残し、サラサラと形をなくしていく。

マリアとしては、早く魔物を掃討して教会の中に行きたいのだが、気配察知で教会には敵個体が一体しかいないのは分かっている。

しかも、現在進行形で、タクミと一対一の対決をしているので、マリアが迂闊《うかつ》に介入するわけにはいかない。

魔物を討伐するに際して、正々堂々という事など関係ないとマリアは思っているが、今回のケースは事情が違った。

今、マリアが参戦すると、タクミの集中力を乱すかもしれない。

教会の中から感じる気配の大きさから、相当強力な個体に違いない。間違いなく黒い魔物のスタンピードの原因だろう。

自分がタクミの足を引っ張る可能性もあると考え、それならば先に周辺の魔物を掃討しようと一人奮闘していた。

厳密には、一人ではなく、カエデとツバキが縦横無尽にこの周辺の魔物を殲滅している。

ただ、流石に今回の惨劇の発生地点だけあり、教会の周辺は多くの魔物で溢れていた。

体力的にきつくなってきた時、頼もしい助っ人が到着した。

「マリア！」

「ソフィアさん！」

「マーニやレーヴァ達も直ぐに来る！　一気に殲滅するぞ！」

「はい！」

アカネ達の中から先行して駆けつけた、ソフィア、ベールクト、フルーナの三本の槍が躍る。

さらにマリアの目には、残敵を掃討しながら直ぐそこまで近づいてきているアカネやルル、マーニやレーヴァの姿が映った。

「はっ！」

仲間の存在が、マリアの疲れていた体に活力を与える。

マリアはマナポーションを飲み、気合いを入れ直し、焔槍エクスプロードを手に魔物へと突撃する。

あともう少し。

ゴールは見えている。

19　崩れる均衡

瓦礫が散らばる広い教会の中で、白い聖なる光を発する剣と、黒く禍々しい瘴気を発する大剣が、いく条もの白と黒の軌跡を描いていた。

バールは、開戦当初から細かな技術を捨て、自分が僕——タクミよりも上回っている膂力と、多少の傷なら僅かな時間で回復する身体を活かした戦い方をしている。

僕はといえば、バールとはまったく逆で、速さと剣や体術の技で、強大な力に対抗していた。

本来なら、ここに魔法を併用するのが僕のスタイルだけど、さっき試した感じからすると、魔法は牽制程度にして剣と体術に絞った方がよさそうだ。

集中力が散漫になると危ない。

転がる瓦礫を蹴飛ばし、壁を蹴り、空中にシールドを造って足場とし、バールの周りを飛び回る。

僕が二刀流としているヴァジュラとフドウは、光属性の聖剣。瘴気を撒き散らすバールには特に効果がある。

瘴気に対する準備は万全だ。

体力的には僕の方が不利だと思うが、それ以上にバールへ与えるダメージは大きい。

少しずつ積み重なる無視出来ないダメージに、バールのイライラが募っていくのが感じ取れる。


「我を想定していたかのような聖剣だな」

「お前を想定したわけじゃないさ」

「ふむ、光属性の魔物は少ないか……道理だな」

何かに急かされるような気持ちになり、聖剣を二振り作ったのは間違いないけれど、こんな惨劇を想定していたわけじゃない。

それにバールが言うように、光属性の魔物は少ない。光属性の剣が効きにくい相手はほぼいないんだ。

激しく動き回りながら、剣撃の応酬をする。

長大な大剣の懐に入り、力を発揮させない位置で剣をいなす。間合いがバールの大剣のそれにピッタリと合うと危険だ。

こうして一対一で向き合っていると、自分が傷付くのを厭《いと》わない彼の戦い方に、バールが最初から滅びを望んでいる事がよく分かった。

自分の意思とは関係なく、歪んだ生を余儀なくされたバールは、決してこの世界の人達とは相容れない。

いや、世界そのものに許容されないだろう。

そこに存在しているだけで瘴気を撒き散らすのだから、この大陸から人間を駆逐し、魔物と魔人だけの世界にでもしなければ、やがて待っているのは滅びのみだ。

ならばバールは、大陸中の人間を皆殺しにして覇を唱えるのか。

それが現実的ではないのは、バールが一番知っているのだろう。シドニア神皇国という小さな国一つ滅ぼす事は出来ても、大陸全てを滅ぼすには至らないと。

ガギィン！

袈裟懸けに振り下ろされる大剣を避け、僕はフドウを握った拳でバールの大剣を横から殴って逸らす。

「クッ！」

大剣が流れ、体勢を崩したところに、ヴァジュラを一閃する。

「シッ！」

「グァッ！」

バールの腕が斬られ、ドス黒い血が飛ぶ。

追撃しようとした僕に、バールが大剣を無理矢理横薙ぎに振るい、僕は慌てて距離を取った。その隙を突かれないよう、光の槍を放って牽制するのを忘れない。

僕へ更なる追撃を仕掛けようとしていたバールは、僕が放った光の槍を大剣で払う。

距離を取って、お互いに睨み合う僕とバール。

僕が斬りつけた腕の傷は、既に回復しているが、先ほどまでと比べて明らかに回復するスピードが遅くなっている。

この地のバールへの恩恵も尽きてきたのかもしれない。

彼もそれは分かっているのだろう。さっきまでの暴風のようながむしゃらな攻撃から、戦い方を変えてきた。

剣の長さの違いから、僕はバールよりも踏み込まないといけないのだけど、彼が大剣の長さを活かした間合いでの戦いに切り替えてきたんだ。

強引な攻撃なのは変わらないけど、手数を減らし、一撃必殺の攻撃を加えると大きく間合いを取り、僕を近寄らせない戦い方を始めた。それに加え、大剣の長さを活かして槍のように突きを放つ事が増えた。

　このバールの戦い方の変化は、逆に彼の余裕がなくなってきた証拠だと感じた。

　僕はフェイントにファイヤーボールを放つと、バールの死角に潜り込むように移動する。

　ガギィン！

　僕の一撃を辛うじて受け止めたバールに対し、連続で斬りつけるも、バールが地面に転がる瓦礫を蹴り飛ばして僕を牽制。大きく後ろへと跳んだ。

　一旦後ろへ下がったバールが、弾丸のように僕へと突撃する。

　ドガァーーン!!　ガラガラガラッ！

　突撃の勢いを乗せ、横薙ぎに振るわれた大剣を、空中にシールドの足場を作って上り、避ける。

　勢いのついたバールは直ぐには止まれず、教会の壁にぶつかった。壁と天井が音を立てて崩れる。

　ガラッ！

　埃《ほこり》にまみれたバールが瓦礫を押しのけて出てくると、再び同じように突進してきた。

　バールの大剣の軌道を読み、今度は姿勢を低くしてすれ違い様に斬りつける。

　ザシュッ！

　ドガァーーン！

　再び反対側の壁にぶつかり、止まるバール。

「クッ！　建物が持たない！」

　僕がそう呟いたまさにその時、とうとう教会が崩壊し始めた。

崩れる壁、崩落する天井、ヴァジュラとフドウを鞘に収め、降り注ぐ瓦礫を分解を併用しながら全て避けきる。

濛々《もうもう》と立ち込める埃と砂塵。

その中から瓦礫をはね除け、バールが姿を見せた。

「ほぉ、ギャラリーが多いな」

瓦礫から出てきたバールが周囲を確認して言った。教会が崩壊し、外を見渡せるようになった事で、教会の周りをソフィア達や聖域騎士団が包囲しているのに気が付いたようだ。

身の丈ほどの禍々しい大剣を肩に担ぎ、バールが僕を挑発してくる。

「全員を相手にしても構わんが、そんな無粋な真似はせんだろう？」

「ああ、最後まで付き合ってやる。多くの人を巻き込んだ、お前の馬鹿げた行動を止めてやる！」

勿論、今さら皆んなの力を借りるつもりもない。

僕がこの手で、この惨劇を終わらせる。

僕は、風魔法で瓦礫を吹き飛ばす。

それがバールとの第二ラウンド開始のゴングとなった。

20 破滅者の終焉《しゅうえん》

バールと対峙する僕に、ソフィア達の声が聞こえる。

「「タクミ様！」」

「マスター！　頑張ってぇー！」

皆んなの声で、疲労していた体に力が漲ってくるのを感じる。

僕って、何て簡単な奴なんだ。

思わず笑顔になっていた僕に、何を思ったのかバールが怒りの声を上げる。

「お前を殺した後は、みな仲良く地獄へ送ってやるわ！」

「させるわけがないだろう！」

ドンッ！

僕の踏み込みで地面が爆ぜる。

瞬時に間合いを詰め、ヴァジュラとフドウを抜き打った。

ガァキィィーンッ!!

辛うじて大剣を差し込み受け止めたバールが、数メートル飛ばされる。僕の神速の踏み込みからの抜き打ちを、バールが咄嗟に受けられたのは驚嘆に値する。

「ガァアッ！」

膂力で勝る自分が、大きく飛ばされた事が屈辱《くつじょく》だったのか、大質量の大剣を片手で叩きつけるように振るうバール。

体格は僕と大差ないけど、その膂力は人間の範疇《はんちゅう》を遥かに超えている。オーガなんかよりずっと上なんじゃないだろうか。

あの身の丈ほどもある大剣、今の僕なら扱えるが、バールのように片手で、あのスピードでは振るえない。

ただ、大質量の剣を力任せに振り回すだけで僕を倒せるほど、武の世界は甘くない。

迫り来る大剣を、ヴァジュラとフドウで柔らかく捌く。

明らかに質量の違う大剣を、力ではなく技で受け流していく。

剣の技術により完璧に捌かれ始めた事に、バールが益々苛立ったのか、剣筋など関係ないとばかりの乱暴な動きの攻撃になってきた。

「グァッ！　何故だぁ！　何故掠りもせん！」

バールが怒りの声を上げる。

自分からの攻撃は、全て回避され捌かれ、僕からの攻撃が入る回数が増えていく事に、バールは冷静さを失っていく。

流石に力任せの剣がいつまでも通じるほど、僕は弱くない。

この世界に降り立ってから、生産職っていうのが自称になりそうなくらい、僕は濃密な経験値を得てきたんだ。

促成栽培のように力を求めたバールの攻撃を、戦いの中見切るくらい出来なくてどうする。

何度も言うが僕も、バールの生まれには同情する。

自分の意思とは関係なく滅びの未来を約束されて、狂信者の手により生み出されたのだから。

だけど、自分の意思と関係なく生まれてくるのは、世の中の人全てに当てはまる。

人は自分で親を選べない。

ただ、バールの不幸は、存在するだけで、人とは相容れない人工魔人として生まれた事だ。

そして、僕はそんなバールに引導を渡さないといけない。僕をここに送ってくれたノルン様の世界を壊そうとする存在を許容出来ない。

シドニア神皇国が行った愚行、勇者召喚から始まった因縁は、僕がここで本当に断ち切り、最後にしないといけないんだ。

「ガァアッ!!」

ドンッ！

上段から振り下ろされたバールの大剣を回避すると、剣がそのままの勢いで地面を抉る。

「ハッ！」

僕はバールの大きな動きの隙をつき、ヴァジュラを振るう。

ザシュッ！

「ッ！　負けん！　自らの命を捨て、我に力をくれたグレモリーのためにも、一人でも多く道づれにしてやるわぁ！」

脇腹をヴァジュラに斬り裂かれ、バールが怯《ひる》むも、直ぐに傷は回復し、怒りを大剣に乗せてさらに攻撃の速度は上がった。

だけどバールのそれは、僕にはまるで蝋燭《ろうそく》が燃え尽きる前の大炎に感じた。

暴風のような攻撃を恐れず、僕は多少の傷を負うのも構わずに前に出る。

大剣を持つバールの間合いの内側へと踏み込み、二本の剣と蹴りや肘打ち、膝蹴り……剣術と体術全てを合わせて怒涛の攻勢に移る。

頭上を瘴気を纏った漆黒の大剣が通り過ぎ、僕の銀の髪の毛が数本宙を舞う。

ヴァジュラの間合いよりも中へと入った僕は、フドウをバールの脇腹に突き刺す。

「グフッ！　せめて、せめてお前は道づれにしてやる！」

「謹んでお断りします」

突き刺さったフドウを抜くのと同時に蹴りを放ち、その反動で距離を取る。

僕がいた場所をバールの大剣が空を切る。

再び踏み込んだ僕に、無理矢理切り返した大剣が迫る。

僕は、ヴァジュラとフドウの二本に光属性の魔力を込め、前へ出てそれを受け止める。

ガキィーーンッ!!

ヴァジュラとフドウが聖なる光を発してバールの大剣とぶつかり合った。

膠着《こうちゃく》は一瞬、僕はバールにローキックを叩き込み、回り込むようにバールの背後、死角へと移動する。

バールが振り返りながら闇雲に大剣を叩きつけてくるのを、僕は積極的にヴァジュラとフドウで受ける。

前に出てバールの大剣が力を発揮する前に押さえ込む。

ギンッ！　ギンッ！　ギンッ！

ヴァジュラとフドウが白い軌跡を描き、バールの大剣とぶつかる。

勿論、真正面から受け止めているわけじゃない。

力を受け流し、捌く。

大剣が纏う瘴気が少なくなってきた事に、バールは気が付いているだろうか。ヴァジュラとフドウが当たる度に、大剣が上げる悲鳴は聞こえているだろうか。

白く浄化の光を纏ったヴァジュラとフドウが、バールの大剣へとダメージを与えていく。

そして遂にその時が訪れる。

ガキィイーーンッ!!

「なっ!?　我が剣がっ……」

バールの持つ漆黒の大剣が、粉々に砕け散った。

ザシュッ！

「!!　………」

「これで終わりだ！」

そしてバールの胸に吸い込まれる、ヴァジュラとフドウ。

胸を二本の聖剣に串刺しにされたバールが、信じられないというように目を見開く。

僕がバックステップで間合いを取ると、バールはその場にゆっくりと膝をついた。

小さいとはいえ、一つの国を壊滅させた身勝手な破滅者の最後だ。

膝をついた姿勢のまま、サラサラと崩れていくバール。その表情は何を思うものか、僕には分からない。

ソフィア達が近づいてくる中、一際大きな割れた魔石を残し、塵となったバールだったものが風に吹かれて何処かへ飛んでいった。

21　それでも人は立ち上がる

バールを倒した後が大変だった。

小さいとはいえ一つの国が魔物に蹂躙し尽くされたんだ。

後始末を考えると憂鬱《ゆううつ》になる。

本来なら一般人の僕が関わるような案件じゃないと思うけど、シドニア神皇国に関して言えば、まったくの無関係ではないし、邪精霊のカケラを悪用させてしまった責任も感じていた。

もともとシドニア神皇国は、国家体制が崩壊して以降、多くの人が周辺国に流民として逃げ出した事で人口が激減していた。

国境を接しているロマリア王国が主導し、シドニアの国民を救済していたお陰で、何とか人々の生活は成り立っていた。

それが、今回のバール達が引き起こした惨劇で、ただでさえ少なくなっていた国民の半数以上が被害を受けた。

シドニアの中でも国境に近い場所の住民は、トリアリア王国、ロマリア王国、サマンドール王国の三ヶ国に避難し、難を逃れた者もいる。だが、住んでいた街や村は壊滅しており、大勢の難民が発生していた。

ロマリア王国、バーキラ王国、ユグル王国の同盟三ヶ国は迅速に対応し、僕がバールを倒したその日のうちに臨時の難民キャンプを設置。食糧や日用品から医療品などの援助を始めている。

そして、嘗《かつ》てシドニア神皇国の皇都が在った場所……今では見渡す限り半壊した建物と瓦礫しか見えないこの場所で、同盟三ヶ国の騎士団と聖域騎士団、それにプラス僕で、復興に向けての打ち合わせをしていた。

何故、場所をここにしたのかと言えば、ただ単にここがシドニアの中心だったからだ。

話し合いの結果、各騎士団で手分けして、生存者がいないかシドニア国中をもう一度探索する事が決まった。

日本にいた頃の記憶では、遭難者の救助で大事なのが、七十二時間だったはずだ。

七十二時間の壁……七十二時間を超えると、生存率が著しく減少するタイムリミットを表す言葉として聞いた事がある。

この世界の人間と、地球の人間との身体能力の差もあるので、そのまま当て嵌まるとは思っていないけど救助は早いに越した事はない。

この七十二時間の壁は、魔物の氾濫を鎮圧してからではなく、災害が発生してからの時間なのだから。

ガラハットさんが口を開く。

「イルマ殿、儂らはシドニアの南部から東部を回って救助活動と遺体の収容を行おう」

「では、我らは北西のロマリア国境から北へと回ります。冒険者への指示と連携は我らに任せてください」

「バーキラ王国とユグル王国で、南のサマンドール王国方面からトリアリア王国方面を担当します」

ガラハットさん、ロマリア王国の騎士団長、ギルフォードさんがそれぞれ地図を指差して担当範囲を決めた。

僕は少し不安になって言う。

「ギルフォードさん、トリアリアには気を付けてくださいね」

「心配ご無用です。合同訓練で鍛えられた我らなら、トリアリア程度蹴散らしてみせます」

何せあの国は、何度戦争に負けても、三歩歩いたら忘れてしまう鳥頭かと思ってしまう程度に碌《ろく》でもない国だからね。

こんな非常事態だけど、何かやらかしても不思議じゃない。

ただ、ギルフォードさんは、トリアリア王国を脅威には思っていないようだ。他の騎士やユグル王国の騎士達も、自信ありげに笑っている。

死の森と魔大陸でみっちりとレベルアップしたからか、皆んな随分と好戦的になったものだ。

ガラハットさんと定時連絡を入れる時間を決め、僕達は自由に動く事にした。

この世界の建物は、高層建築物がない代わりに、煉瓦《れんが》や石を使ってはいても、壊れやすい建物が多い。

僕達は、そんな瓦礫と化した建物の中に、生存者がいないか探索し始めた。

そしてカエデが何かを見つけ、大きな声で僕を呼ぶ。

「マスター！　誰かこの中にいるよー！」

カエデが指差したのは、完全に崩れた建物の残骸。僕も急いで探ると、確かに弱々しい気配を感じた。

僕は、慌ててタイタンを呼ぶ。

「タイタン！　ゆっくり、慎重に瓦礫を除いてくれ！」

「リョウカイデス、マスター」

僕の指示で、慎重に瓦礫を取り除くタイタン。

僕も他のところが崩れないよう、錬金術の分解で瓦礫を取り除いていく。カエデも糸を使ってサポートし、素早く、だけど慎重に作業を進める。

大きめの瓦礫をタイタンが慎重に移動させると、その下から二人の男女と女の人に抱かれた赤ちゃんが見つかった。

男の人が女の人と赤ちゃんを守るように覆い被さっていた。

「タクミ！　子供をお願い！」

「分かった！」

いつの間にか近くにいたアカネが叫ぶように僕に指示すると、僕は赤ちゃんに、アカネは女の人にエクストラヒールをかける。

残念だけど、男の人は即死に近かったらしく、既に亡くなっていた。

赤ちゃんは回復魔法が間に合い、一度のエクストラヒールで直ぐに呼吸は安定した。

そこにアカネの焦った声が聞こえてくる。

「タクミ！　どうしよう！　回復魔法は発動したのに、息をしてないの！」

「アカネ、落ち着いて！　直ぐに人工呼吸を頼む！　僕は心臓マッサージをするから！」

「わ、分かったわ！」

アカネが回復魔法を施した女の人は、外傷は回復したが、呼吸と心音が戻らなかった。

エクストラヒールで外傷が回復しているので、まだ間に合うはずだ。手遅れなら回復魔法は発動しない。

僕は心臓マッサージをしながら、ヒールを何度もかけ、アカネは僕とタイミングを合わせて人工呼吸を施した。

すると直ぐに女の人の心音が戻り、呼吸も安定して顔色も良くなった。

「ふぅ……もう大丈夫だよ、アカネ」

「……男の人はダメだったのね」

「ああ、死人に回復魔法は効かない。多分、即死に近かったんだと思う」

女の人と赤ちゃんの命は助けられたけど、その二人を護っていた男の人を救えなかった事でアカネの顔は優れない。

「タクミ様、二人を騎士団の所に運ぶであります」

「うん、頼むよレーヴァ」

「あっ、じゃあ、私も手伝います」

「私も！」

女の人と赤ちゃんをレーヴァ、ベールクト、フルーナが慎重に運んでいった。

僕は遺された男の人の遺体を運び出す。

あとで埋葬してあげないとな。

その後も、地下室に隠れていた人や、幸運にも瓦礫の隙間に入って助かった人を少数だけど見つける事が出来た。

それはガラハットさんやギルフォードさんが探索していた場所でも同じで、多くはないが生存者を保護したそうだ。この世界には、探知系のスキルがあるから、こういう場合は前世よりも便利だと思う。

原型をとどめていない遺体を含め、回収出来ただけの遺体を一箇所に集め、土属性魔法で掘った埋葬用の穴に入れた頃には、日はとっぷりと暮れていた。

22　それでも明日は来る

瓦礫の中から集めた木材を使った篝火《かがりび》が、夜の明かりを失ったシドニアの地を照らす。

ここは、あの教会があった場所。

シドニアを襲った厄災が始まった街の郊外の広い空き地。

バーキラ王国、ロマリア王国、ユグル王国の三ヶ国の騎士団と、冒険者達、聖域騎士団が集まって野営地としていた。

加えて、瓦礫の中から助け出された人や、幸運にも逃げる事に成功していた者も、助けを求めて集まっている。

陽が昇る前の青紫の空の下、何となく目が覚めてしまった。表に出ると、ソフィアが僕に気が付いたので彼女とお茶を飲む事にした。

篝火の炎を眺めながら、アイテムボックスの中からテーブルや椅子を出し、僕達はだんだんと明るくなる薄暗い空の下、昨日までの激戦が嘘《うそ》みたいな、ゆったりとした時間を過ごす。

ソフィアが、周囲に立ち並ぶ簡易の住居や野営用の天幕を見て呟いた。

「皆んな、逞《たくま》しいですね」

「本当だね。あんな悲惨な事があった後なのにね」

難民となった人達と、助け出された人達用に、僕が中心となって各国の魔法師団と協力し、土属性魔法で簡易の住居を作った。

他にも各国の騎士団が用意した野営用の天幕を使っている。そこそこ大規模な難民キャンプのようだ。

難民となった人達は、最初こそ自分の家を壊され、街を破壊され、農地がめちゃくちゃにされ、人によっては大切な人が亡くなっているので、まるで死んだような目をしていた。

それが騎士団や冒険者達による食事の提供や、仮設の住居を用意された事で、一部の人達は村や街の復興作業を始めていた。

中には、騎士団と冒険者に交ざり、犠牲者の亡骸の探索を手伝う者もいる。

難民キャンプ内でも、積極的に助け合っているようで、僕とソフィアは人間の逞しさを感じていた。

「目先の仕事に集中しないと、精神がもたないっていうのもあるんだろうけどね」

「そうですね。でも、周辺国に保護されたシドニアの国民が、こんなに早く戻ってきたのは驚きですね」

「それは彼らがシドニアの国民だからよ、ソフィア。お茶のおかわりいる？」

僕とソフィアがお茶を飲みながら話していると、ティーポットを持ったアカネがやって来て、空いている椅子に座った。

「シドニアの国民だと何か違うのか？」

「タクミ、シドニアはどんな国だったか、考えれば直ぐに分かるわよ」

「……そうか、人族至上主義」

「そう、そんな環境で長年暮らしていた人達は、国が崩壊したとしても、簡単に自分達の価値観を変えられないわよ。シドニアと国境を接している国の中で、同じような国はトリアリアだけ。シドニアの人達も、トリアリアには行きたくないでしょうしね」

一旦、ロマリア王国やサマンドール王国に避難したシドニアの人達の多くが戻ってくるのは、その二ヶ国が多種族国家だからだったのか。

難民となった自分達よりも良い暮らしをする人族以外を、見たくないんだろうな。

自分達の国では、人族以外は等しく奴隷だったんだから。それよりも低い立場なんて、我慢出来ないんだ。

「今でも、私やレーヴァ、ルルちゃんを見る目は微妙な感じですしね」

「何かやな視線でありますよ」

「そうだニャ」

そこにマーニ、レーヴァ、ルルちゃんが、自分のカップを持ってやって来て座る。

獣人族の三人は、特にシドニアの人達から向けられる視線に敏感なんだろう。マーニが少し不愉快な表情で言うと、レーヴァやルルちゃんも頷いていた。

「私達はそうでもなかったですよ」

「そうですね」

今度はベールクトとフルーナが合流する。

「フルーナは、陸上じゃ見た目が人族と変わらないし、ベールクトについては有翼人族を知らないから、戸惑ってるんじゃない？」

アカネの言うように人魚族のフルーナは、陸上では普通の人族と見分けがつかない。ベールクトに関しては、有翼人族という未知の存在に、蔑《さげす》む余裕がないんじゃないかな。

まぁ、どんな境遇であっても、この世界の人達がタフなのは間違いない。

「あっ、朝日ニャ」

「本当ね」

ルルちゃんとアカネが顔を上げた。

今日も一日が始まる。

新しく始まる今日という日が、昨日より良い一日でありますように。

23　復興のプラン1

旧シドニア神皇国の神官の手により生み出された人工の魔人バールと、その配下達により引き起こされた黒い魔物の氾濫によって、面積は狭いとはいえ、一つの国が壊滅的なダメージを受けた。

その周辺国にも被害は波及し、特に強力な軍隊を持たないサマンドール王国の被害は大きかった。

勿論、トリアリア王国の被害も大きかったのだろうけど、同盟三ヶ国とは敵対国であり、今も停戦の合意に至っていないため、情報はあまり入ってこない。

シドニアと国境を接している中で、残るノムストル王国は、地の利を活かした防衛で、被害は最小限に抑えられていたらしい。

現在、崩壊した旧シドニアとロマリア王国の国境付近、シドニア側に魔法で急ピッチで建設された復興のための拠点に、同盟三ヶ国の責任者が集まっていた。

バーキラ王国宰相サイモン。

ロマリア王国宰相ドレッド。

ユグル王国宰相バルザ。

同盟三ヶ国の宰相が直々《じきじき》にこの地へ足を運んでいた。

そんな中、一般人の僕はもの凄くいづらい。

一応、聖域からはガラハットさんも来ているけど、ガラハットさんは元々バーキラ王国の近衛騎士団の団長を長く務めた人だから、本当の意味で一般ピーポーは僕だけだ。

色々な話し合いが進む途中、三人の宰相の中でも親しくしているサイモン様が、僕に質問してきた。

サイモン様の奥さんであるロザリー夫人は、聖域でバリバリと元気に働いているからね。何かとサイモン様も聖域に来る機会が増えているのだ。

「イルマ殿、瓦礫の再利用は可能かのう？」

「大丈夫です。決まったサイズの石材にするんですね」

「うむ、いくつかの種類の石材にしてほしい。住居用や石畳用、大型建築用の三種有ればいいじゃろう」

「材料の瓦礫だけはいっぱいありますから、とにかく石材に出来そうな瓦礫は全部成形します」

実際、難民用の仮設の住居は、瓦礫を再利用しているからね。

瓦礫だけは山ほどある。何せ、無事な建物の方が少ないのだから。木材に関しても、火災で燃えた物以外は再利用する方針だ。

僕が瓦礫から直に建物を錬成《れんせい》すれば、手っ取り早いんだろうけど、流石に小さいとはいえ一つの国の建物全部は面倒見切れない。

そこで、決まったサイズの石材を作り、人海戦術で村や街を復興しようという事だ。

聖域騎士団と合同訓練を行っている同盟三ケ国の騎士団や魔法師団は、野戦陣地の構築や砦《とりで》の建築の訓練もしてあるので、建材さえあれば任せても大丈夫だと思う。難民の中にも自発的に作業を手伝う人が多いだろうしね。

「それとイルマ殿、農地も同時に復興したいと思っているのだが、可能だろうか？」

「はい。一応、直ぐにでも種を蒔《ま》けるくらいまでには出来ます」

ロマリア王国の宰相ドレッド様に答えた。

住居の復興も大事だけど、農地の再生は最優先事項だ。

僕の言葉を聞いて、ドレッド様だけじゃなく、サイモン様やユグル王国の宰相バルザ様もホッとした顔をした。

難民達の当座の食料は三ヶ国が次々と運び込んでいるが、このままずっと支援を続けるのは無理だからね。

「勿論、イルマ殿だけに押し付ける気はない。じゃが、イルマ殿が一番多くの仕事を熟せるのは間違いないからな」

「そうですね」

サイモン様が申し訳なさそうに言うが、実際、この手の仕事は僕が大陸で一番じゃないかと自負している。

とはいえ、僕達もここにベッタリと張り付いて仕事するわけにはいかない。僕には可愛い三人の娘が待っているからね。

最近、獣人族で成長の速いフローラだけじゃなく、エルフのエトワールや人族の春香《はるか》も活発に動くようになって、可愛さが天元突破しているんだ。

僕が娘達の事を考えていると、ガラハットさんが提案してくる。

「イルマ殿、ガルーダで木材や石材、生活必需品や食料の輸送をしてはどうじゃろう」

すると、バルザ様とサイモン様がそれぞれ言う。

「なら、ユグル王国からも木材や食料を運べるな」

「木材なら死の森でも伐採するか。冒険者に依頼を出せばいい」

実は死の森の木材は、トレントが発生するだけあり、濃い魔素により魔物だけじゃなく植物もバカげたスピードで成長する。外縁部の木材に関しては、定期的に伐採しないと森が広がってしまう恐れがあるくらいだ。

その後、細かな話し合いは、三人の宰相とお付きの事務方に任せた。

僕は、また別の文官との話し合いが待っている。

どの様な街割りにするのか、たくさんの村や街の縄張りを決めないといけないんだ。それが終わらないと、復興に取り掛かる事が出来ないからね。

24 復興のプラン2

流石、国の中枢《ちゅうすう》で働く文官は、優秀な人ばかりだった。

跡形もなくなった場所も多いが、元々のシドニアの街や村、そこを繋ぐ街道を活かして、猛スピードで街割りや農地の区画を決めていく。

バーキラ王国、ロマリア王国、ユグル王国の同盟三ケ国から多くの人や物資が運び込まれ、農地を含めた街や村の復興はスピーディーに進みそうだけど、ここで一つ重大な問題が持ち上がった。

「……人が少ないのぅ」

「……そうですね。このままじゃ、色々と成り立たない程度には人が足りないみたいですね」

バーキラ王国の宰相サイモン様が溜息を吐いてぼそりと言った事が全てだった。

人が足りない。

元々、シドニア神皇国が国として崩壊した後、ロマリア王国が主導して、各国が色々と援助していたんだけど、その時点で人の流出は始まっていた。

シドニア神皇国と強い結び付きのあった、トリアリア王国へと移民した者。

南のサマンドール王国へと働き先を求めた者。

ロマリア王国へと向かった者。

小さな国土から多くの人が流出していたところに、今回のバールが仕掛けた黒い魔物の氾濫だ。

正確な数字は分からないけど、万単位の人が犠牲になっているのは間違いない。

そうなると、周辺国に避難していた人達が戻ってきていても、健全な社会を構築するには人がまったく足りていなかった。

避難民全員が戻らなかった事も、それに拍車をかけている。

まぁ、あれだけ悲惨な目にあって、戻りたくない気持ちも分からなくはない。

「全員が農業出来るわけでもありませんからね」

「うむ、子供や老人も含まれておるからな」

村のような小さな単位でなら、食料を自給出来る農業だけでも、しばらくの間は大丈夫だと思うけど、農業に向かない人もいるからね。

ここは聖域の僕の家のリビング。

何故、そこにサイモン様がいるのかと言うと、ロザリー夫人に会うために、聖域に帰る僕についてきたんだ。

お陰で、本当なら転移で一瞬なのに、ウラノスで戻る羽目になった。

ウラノスなら大陸の中央から西の端の聖域まででも早いからいいんだけどね。

「貴方、人様のお宅で愚痴はやめてください」

「いや、ロザリー、イルマ殿も関係者だから。知恵を借りるくらいは許してくれ」

今日はロザリー夫人も一緒だ。まぁ、ロザリー夫人は、エトワール達に会うために、頻繁にうちに来ているんだけどね。

「いっその事、移民を募りますか？」

「うーん、移民なぁ……」

サイモン様の反応は良くない。

何度も言うようだけど、これにはシドニア神皇国が、人族至上主義だった事が関係していた。

旧シドニアの人達は、長い年月の間、人族至上主義の価値観に染まっている。

これはシドニアの人達が悪いわけじゃない。

そういう環境で育ったのだから。

移民を募れば、人族以外の種族も多く集まる。

特に、冒険者になれなかったり冒険者を引退したりした獣人族の割合が多くなる可能性は高い。

種族特性なのか、何故か獣人族は堅実な暮らしをする人が少ないんだよな。マーニの兎人族のような草食獣の特徴を持つ種族以外、農家や職人になる人は少ない。

「揉めますかね？」

「揉めるであろうな」

僕とサイモン様の予想はおそらく当たるだろう。

以前のシドニアでは、獣人族というだけで奴隷にされていたのだから、バーキラ王国やロマリア王国の獣人族と揉めないわけがない。

「大の男二人膝を突き合わせて、何をグダグダ言ってるのよ。どの道、これからのシドニアは、他種族の助けなしには成り立たないのだから、そこはビシッと最初に言っておけばいいのよ」

悩む僕とサイモン様に、ロザリー夫人が言った。

聖域と未開地に出来たウェッジフォートやバロルという街のお陰で、バーキラ王国には大都市につき物のスラム街がほとんどない。

その傾向は、ロマリア王国にも当て嵌まる。

それでも完全になくなったわけじゃないので、この機会にスラム街から真面目に仕事を求める者をシドニアに移住させれば、スラム街縮小による治安の改善と、人手を確保出来る一石二鳥の案になる。

ただ、サイモン様との相談はここまでだ。

トコトコと小さな足音が近づいてきた。

「パパー！　あそぼぉー！」

「おっと」

ソファーに座る僕に飛びついてきたのは、フローラだ。

お昼寝から起きたのだろう。

直ぐにエトワールや春香も来るはず。

そうなれば、仕事どころじゃなくなるからね。

難しい話は明日でいいか。

25　復興のプラン3

聖域の自宅で娘達と触れ合った後、サイモン様を乗せてウラノスでシドニアへと戻ってきた。

故郷じゃないし、戻ってきたって言うのは違うか。

「結局、移民はスラムの人達が中心になるんですよねぇ」

「じゃなぁ。当然、他からも希望者はいるじゃろうが、好景気の我が国では、何処も人不足じゃからな」

「ですよね」

ウラノスでガルーダ用に仮設された滑走路に着陸し、そこから復興本部へサイモン様と歩きながら話すのは、引き続き移民の問題だ。

「ユグル王国からの移民は望めないでしょうからね」

いつものように僕の護衛を務めるソフィアが言った。

シドニア神皇国やトリアリア王国では、貴族や豪商が大枚をはたいてエルフを求めた歴史がある。

それだけじゃなく、シドニアは五十年前のトリアリア王国のユグル王国への侵攻にも関わっていたと噂されていた国だ。先日の魔物の氾濫に、よくユグル王国が騎士団を救援に派遣してくれたと思う。

「ノムストル王国に声をかけてみたらどうです？」

「それはアリかもしれんな。トリアリアやシドニアも、ドワーフを蔑ろにはせんかったようじゃからな」

僕の提案に、サイモン様が頷いた。

人族至上主義のトリアリアとシドニアにおいても、大陸の中でも優れた武具や道具を生み出すノムストル王国、イコール、ドワーフに対しては、獣人族やエルフ族とは扱いが違うと聞いた事がある。

トリアリアやシドニアで、優れた武具を手に入れようとすると、ノムストル王国のドワーフの職人を頼るしかなかったそうだ。

因《ちな》みに、バーキラ王国やロマリア王国には、ドワーフの職人や、人族でも優れた職人がいるので、武具をノムストル王国との交易に頼っていない。

人族至上主義の二ヶ国では、ドワーフの職人を自国に招く事も出来ないので、ノムストル王国との交易の比重が大きかったんだと思う。

でも、そうなると、シドニアで生きてきた難民達も、ドワーフに対しては高圧的な態度を取らないかもしれない。

まぁ、難民になって各国の支援なしでは、生きるのが難しい状況において、獣人族やエルフを蔑んでいる場合じゃないんだけどね。

仮設の復興本部に着くと、バルザ様やドレッド様がもう待っていた。

「お待たせして申し訳ない」

「いや、我らも今来たところじゃ」

「陸戦艇の中は快適に過ごせるからのう」

サイモン様が詫びると、バルザ様とドレッド様は問題ないと手をヒラヒラさせる。

僕とサイモン様が席に着くと、早速シドニア復興の会議は始まった。

最初に、人不足を補うために、バーキラ王国、ロマリア王国、サマンドール王国から、移住を募る案を話し合う。

「……確かに、スラム対策になるであろうから、我が国にとっては有難い話ではあるが……」

「そうじゃな……スラム街には、スネに疵《きず》を持つ者が多いのも事実。いくらシドニアに人が足りないとはいえ、厄介払いは余りよくないであろうな」

バルザ様とドレッド様の言葉に、僕は頷く。

「そうか。スラムの住民にはその問題がありましたね」

移住する人間を、各国のスラムから確保する案は、スラムに暮らす人の性質がネックになった。

ただ単に、仕事に溢《あぶ》れてスラムに流れた者で、それでも真面目に働いて抜け出そうとしている人は良い。

現状に絶望しても、最低限犯罪に手を染めていなければね。

だけど、何処のスラム街も、犯罪の温床になっているのは事実だった。

ここの所の好景気の影響で、バーキラ王国では仕事が増え、スラム街も解消傾向にあるが、ゼロになったわけじゃない。

ボルトン辺境伯領やロックフォード伯爵領なんかは、もともと治安が良いからともかく、貴族派の領地にはまだまだ残ると聞いている。

「スラム街の人に移住を勧《すす》めるのは良いと思います。ただ、しっかりとした面接は必要でしょうね」

「文官や武官を動員してきめ細かく人物を観るしかないか」

僕がスラム街の人達の面接を提案すると、サイモン様がそう言い、他の二人も頷く。

「スラムの住民にも当て嵌まるのだが、種族問題はどうする？」

「そうだな。シドニアは生粋《きっすい》の人族至上主義だった国だ。必ずトラブルになるぞ」

バルザ様とドレッド様が種族問題に言及した。

はぁ、頭が痛い話ばかりだな。

家に帰りたい。

26　プランはさておき

シドニアに移住を募るのは決定事項だけど、まずは最低限の国土の復興を目指す。

僕が三ヶ国の宰相と会議をしていた間も、聖域騎士団や三ヶ国の騎士団、冒険者達で農地や村、街の復興は続けられていた。

今日は僕もそこに合流だ。

移住の話は三人の宰相にお任せだ。

だいたい、一般人の僕が、一国の宰相に交ざって会議しているのがおかしい。

まぁ、タダ働きで、復興に手を貸しているのもどうかと思うけど、シドニアとは因縁が色々とあるから、その辺りは仕方ないと思っている。

僕と違って、バーキラ王国、ロマリア王国、ユグル王国の三ヶ国には、シドニアを復興する利があるんだけどね。

バールが仕掛けた黒い魔物の氾濫を駆逐するにあたり、シドニアのほぼ全土を聖域結界《サンクチュアリフィールド》で浄化し、なおかつ、魔物という魔物を殲滅した。

それにより、魔素の濃度が濃い場所はあれど、瘴気のしょの字もない土地が、大陸の中央に出来たんだ。

ここに三ヶ国は目をつけた。

開発さえすれば、魔物に怯える事もなく、農地を開拓出来、限られた土地でしか出来なかった牧畜も可能だ。

さらに、トリアリア王国と接してはいるが、ノムストル王国やサマンドール王国とも接しているので、安全な交易路としても使える。

そんな重要な地にある国を一つ丸ごと開発するなんて一大事業に、耳の早い商人などが速くも現れて、大きな街への出店申請をしている。

流石に、街の縄張りがまだ終わっていない段階なので、一応申請だけは受け付けている状態だ。中でも面倒なのが、サマンドール王国からの商人らしい。

基本的にサマンドール王国から来る商人は、貴族の紐付き、もしくは貴族が営む商会だ。

要するに、サマンドール王国の貴族は、魔物氾濫時に協力を一切しなかったのにもかかわらず、新しい枠組みで一大事業が進むシドニアで、自分にも利権を寄越せと言っているんだ。

サイモン様達三人の宰相が「美味《お》しいところだけやるわけがなかろう」と鼻で笑っていた。

まぁ、そうだよね。

サマンドール王国としては、国内の被害も大きく、自国の事で精一杯だったのだろう。ただ、それを差し引いても、シドニアの黒い魔物掃討と、シドニア国民の救助活動に一切関わっていないのだから、利益だけ享受《きょうじゅ》するなんて、有り得ないよね。

それでもグチグチと五月蠅く言ってくるのが、サマンドール王国の商人なんだけど。

さて、諸々の面倒ごとはお偉いさんにお任せして、僕はせっせと復興作業をしますか。

まず、瓦礫の資材化と同時に、街や村を結ぶ街道の整備だ。

街や村の縄張りはまだ終わっていないが、何処に街や村を造るのかは決まっている。

僕はマリアと一緒に、ロマリア王国の国境側から街道を整備していく。

「でも、こうしてマリアと街道工事って、久しぶりだね」

「そうですね。ウェッジフォートまでの街道工事と、聖域が出来てからは、聖域とバロル間を工事しましたね」

スタスタと早足で歩きながら、二人で土属性魔法を使い、ロマリア王国の国境から旧シドニアの皇都までの街道を造っていく。

元々、ロマリア王国とシドニアの皇都とは街道で繋がっていたんだけど、道幅は狭く曲がりくねったデコボコの道だったのが、今回の黒い魔物の氾濫で、滅茶苦茶になった。

これはもう、一から作り直した方がいいという事で、皇都まで真っ直ぐに伸びる広い石畳の道を作っているわけだ。

「でも、私は散歩しているだけですね」

「これならフローラ達を連れてくれば良かったですね」

土属性魔法で街道を作っていく僕とマリアの側にソフィアとマーニがいるんだけど、ソフィアが言ったように、今のシドニアではあまり護衛は必要ない。

今回の事で、三ケ国の騎士団や聖域騎士団、冒険者達がシドニア国内の魔物を掃討し尽くし、聖域結界《サンクチュアリィフィールド》の効果で、瘴気は浄化された。お陰で、魔素の濃い魔境であっても、しばらくの間は魔物は発生しないだろう。

まあ、人が生活を営むうちに、瘴気はどうしても発生するんだけど、それが淀んで魔物が発生するまでに至るのはまだ先の話だ。

それでは盗賊はどうかと言うと、それも今はあまり心配しないでよかったりする。

今のシドニアには、盗賊が奪うモノがない事に加え、三ヶ国の騎士団や兵士が大勢復興のために入っているので、よほど馬鹿じゃなければシドニアの国境にも近寄らないだろうね。

むしろトリアリア王国の動きに気を付けないといけない。あの国は、何をするか分からないからね。

だから、今僕らは、夫婦でピクニックしているようなものだ。

マーニが子供達を連れてきてもって言うのも分かるね。

ここの所、僕も忙しかったから、子供達と触れ合う時間が少なかった。

うん、良いアイデアかもしれないな。

27　復興工事兼ピクニック

「うわぁー！　パパァー！　すごぉーい！」

フローラがピョンピョン跳ねて興奮している。

今日は、昨日マーニが言っていたように、エトワール、フローラ、春香の三人の娘を連れて街道工事をしていた。

「ママも凄いよ！」

春香は僕と並んで土属性魔法を使うマリアをキラキラした目で自慢した。

そうなると、俄然僕とマリアは張り切って、いつも以上に工事が捗る。

「ねぇ、ママはしないの？」

「……ママは、土属性の適性がありませんし、パパの護衛があるから出来ないのですよ」

エトワールが、護衛をしているソフィアに、不思議そうに聞いた。

それに苦笑いしてソフィアが理由を説明するが、彼女に土属性の適性があっても、多分この手の作業には向いていないのはエトワールには秘密だ。

フローラは、獣人族だけあり成長が速かったが、エトワールや春香もいっぱい喋れるようになったし、身体能力も高いように感じる。

人族の春香ですら、前世の感覚と随分と違う気がするのは、思い過ごしじゃないと思う。

エトワールと春香が、トコトコと走り回る。

フローラは一人走るスピードが速い。

護衛は、ソフィアとマーニの二人だけじゃなく、少し離れた場所には瓦礫の処理をしながら周辺の警戒をするタイタン、空からはグロームが監視している。

何より子供達に危険がないよう、今日はカエデが一緒についてきていた。

カエデがいれば、どんな魔物が相手でも、盗賊が相手でも、闇ギルドの暗殺者が相手であっても、子供達に指一本触れさせないだろうから安心だ。

「あっ！」

「よっと、大丈夫だよー！」

転びかけたエトワールをカエデが素早くフォローする。

フローラと違って、エトワールと春香はまだ足元が頼りない。

幼い子供だからバランスが悪いので、転びやすいのは仕方ない。むしろフローラがおかしいんだと思う。

マリアと並んで土属性魔法を使いながら、駆け回る子供達を横目で見る。

景色という点では、比べるまでもなく聖域の方が圧倒的に綺麗《きれい》なんだけど、子供達にしてみれば、知らない土地にお出かけするのが楽しいんだろう。

「パパー！　パパー！」

「ん？　どうしたフローラ」

ハイペースで街道を造り続ける僕のもとに、フローラが何かを持って駆けてきた。

「はい！　四つ葉のクローバー見つけたよ！」

「おお！　魔物に踏まれずに残ってたんだな。よく見つけたね」

「エヘヘヘッ」

フローラが僕に手渡したのは、四つ葉のクローバーだった。

僕がフローラの頭を撫でて褒めると、嬉しそうに満面の笑みを浮かべる。

この笑顔を見るだけで力が湧いてくるね。

この世界のクローバーも基本的に三つ葉で、四つ葉のクローバーは珍しい。

四つ葉のクローバーを見付けたらラッキーなんて考え方も、僕やアカネが持ち込む前からあったのは不思議議だと思う。


お昼近くになると、僕とマリアが作業している街道の近くに、ウラノスが飛んできて着陸した。

「そろそろお昼ごはんにするであります！」

「お弁当出来ましたよー！」

「私も手伝いました！」

ウラノスからお弁当を持って降りてきたのは、レーヴァ、フルーナ、ベールクト。

彼女達には、屋敷のメイドと一緒にお弁当作りを頼んでいたんだ。

レーヴァは普通に料理は出来るし、フルーナもここの所随分と腕を上げている。ベールクトは、お手伝い程度かな。

そして基本食べる専門の人間も降りてきた。

「はぁー、お腹空いたわ。お昼にしましょう」

「お外でお弁当楽しみニャ！」

アカネは日本にいた頃、優等生タイプの女子高生だったはずだが、料理は基本的にノータッチだ。

ルルちゃんは、一応アカネの身の回りの世話をする奴隷だった事もあって、簡単な料理は出来るけど、いつもはお茶を淹《い》れるくらいしかしない。

僕達のパーティーは、初期の頃から僕とマリアが料理を担当していたんだよね。

レーヴァやマーニは直ぐに料理も覚えて上手くなったけど、アカネは……ソフィアタイプだった。

「お昼にしようか」

「はい」

マリアに声をかけて、レジャーシートを敷くレーヴァ達のもとに向かう。

いつもなら、屋外でもアイテムボックスの中に収納してあるテーブルと椅子を出すんだけど、今日はピクニックという事で、レジャーシートにしたみたいだ。


子供達とのピクニックはとても楽しかった。

僕とマリアは、街道工事しかしていなかったが、ちょっとは子供達と遊べたしね。

目一杯はしゃいだ子供達が、その日の夜、昼間興奮し過ぎたからか、なかなか寝つかず困ったのは仕方ないか。

28　一歩前進

子供達とのピクニック兼街道工事から数日、今日も僕達は嘗てシドニア神皇国と呼ばれていた場所へと来ていた。

因みに今回、僕達は無償奉仕ではなく、バーキラ王国、ロマリア王国、ユグル王国の同盟三ヶ国から冒険者への依頼を受けたというかたちで報酬を得ている。

この数日で、ロマリア王国の国境から、旧皇都までの街道工事が完了した。

瓦礫の街と化した皇都では、多くの人が復興作業に従事していた。

その中でも、ここ数日の変化をソフィアが指摘する。

「……ドワーフが多いですね」

「うん。サイモン様からの話では、ここは当面三ヶ国同盟で統治する事が決まったんだけど、ノムストル王国も復興に一枚噛ませてほしいと要望があったらしい。まぁ、それでもここの魔物を逸早《いちはや》く駆逐して、被災者支援に乗り出した三ヶ国とはだいぶ差をつけるんだろうけどね」

「ノムストル王国としても整備された街道で、ここを起点として各国と繋がる利は無視出来ないでしょうね」

旧シドニア神皇国は、面積は最も小さい国だったが、大陸の中央に位置し、大きな魔境の類《たぐい》もなく、大陸の四つの国と国境を接している。ここを中継して交易が出来れば、工業国であるノムストル王国に、大きな利益を生み出すだろう。

復興の手伝いに早々と手をあげたのは、そんな思惑があるんだと思う。

サイモン様達は、この地を自由都市にしたいらしい。

小さいとはいえ国だから、都市とは違うのだけど、国境を越える時や街に入る時の税を撤廃し、移動の自由を確保する。さらに、人族至上主義だったこの地を、多種族が差別なく暮らせる場所にするつもりみたい。

ユグル王国からエルフの移住はないだろうが、騎士団や魔法師団、文官の駐留はある。

そこにノムストル王国から交易のためにドワーフが訪れる。その内、定住するドワーフもいるかもしれない。

バーキラ王国とロマリア王国からは、人族や獣人族の移住者の受け入れ準備も進んでいる。

あとは法の整備を三ケ国で話し合い、出来るだけトラブルがないよう運営していくだけだ。

「トラブルなく統治するのが難しそうですけどね」

「そうなんだよね。まぁ、その辺は、三ケ国のお偉いさん達が考える事だから、僕達は依頼を受けて仕事に来るくらいの距離感でちょうどいいと思うよ」

実際問題、シドニアの黒い魔物氾濫から、バールやその幹部達の討伐まで、そのほとんどをなしたのは、僕達や聖域騎士団だった。

認めたくないけど、現状でも聖域関連のお陰で、大陸における僕の影響力は小さくないのに、新しく創られる新シドニアにまで強い影響力を持つのは良くない。

ソフィア達とそんな雑談をしながら、僕は瓦礫の処理を行っていた。

現在、旧皇都では文字通り街を一から作り直している。

三ヶ国同盟の何処かの国の文官が街割りを記した紙を片手に、様々な指示を出している。

ドワーフや人族の大工や石工などの職人が、建物や道の工事に精を出していた。

「やはり獣人族は力仕事なのですね」

マーニが重い石材や木材を運んだり、穴を掘ったりする獣人族を見て言った。

「だね。狩猟の道具を自作する器用さはあるのに、何故か職人になる獣人族は少ないね」

本当に何故か獣人族の職人は少ない。

集落で暮らす獣人族の狩人は、普通に弓矢を自作するし、集落の女性は自分達で機《はた》を織り、服を縫う。

獣人族は、例外はあれど種族的に魔力量が少なく、放出系の魔法も苦手だけど、身体能力は高く不器用でもないので、もっと獣人族の職人がいてもいいと思う。

きっと性格的なものなのだろう。

「それにしても、エルフはユグル王国から派遣された騎士と文官だけですけど、人族がいて、獣人族とドワーフも一緒に働いている所を見ると、ここが少し前までシドニア神皇国だったなんて考えられませんね」

「ここで暮らしていた人からすると、色々と思うところはあるだろうけど、旧シドニアの人達は今はそれどころじゃないだろうしね」

雑多な種族の人達が、一緒に働いている光景は素晴らしいと思うが、このまま落ち着かないんだろうな。

難民となった旧シドニアの人達と、移民の他種族の人達の間に軋轢《あつれき》が生じるのは、もう少しあとだろう。

まぁ、先の心配はともかく、一歩前進なのかな？

29 タクミ、他所の農地を開拓する

被災者や移住者の住居が、旧シドニア国内のあちこちで建設されている。急ピッチで建てられているのは、移住を希望する人数が、想定を超えて多かったからか。

そんな事もあり、僕はサイモン様から依頼を受けて、旧シドニアで壊滅した農地の再生と開拓に来ていた。

同盟三ヶ国にしても、しばらくの間は大きな費用負担があるが、それ以上にここが開発された時の旨味は大きいんだろうな。

と、いう事で、その費用を少しでも抑えるために、僕に依頼が回ってきたんだ。

ゴゴゴゴォォォォーー！

地面に手を突き魔力を込め、しっかりとしたイメージを頭に浮かべ土属性魔法を発動させる。

荒れ果てていた広範囲の地面が蠢動《しゅんどう》し、落ちていた石や木屑《きくず》が粉々になり攪拌《かくはん》される。

一分と経たない内に、荒れ果てていた地面は、ホカホカと湯気を立てる農地に変わった。

「ふぅ、こんなものかな。でも、少し肥料を足した方がいいだろうね」

「お疲れ様です。肥料はここを耕す者がどうにかするのではないでしょうか」

「ソフィアさん、被災者や移住者にはハードルが高いと思いますよ」

ソフィアとマリアが口々に言った。

「マリアの言う通りだろうね。最低でも初年度分だけでもこっちで用意した方がいいと思うよ」

この世界の農業は、素人の僕から見ても後れていると思う。

堆肥《たいひ》を作るという概念がまだなく、僕がこの世界で最初に関わったボード村の人達も、肥料の話をした時に、ポカンとしていた覚えがある。

その後、ボード村、ボルトン、聖域と、何度も田畑を開墾《かいこん》して、農作業の手伝いをするうちに、堆肥作りも浸透していった。

この世界の人達の中には、経験的に植物が成長するのに、何らかのモノが必要だと知っている人もいる。

ただ、窒素《ちっそ》、リン酸、カリウムの三要素が重要で、通常不足する土壌にそれらを施すために、肥料が必要だと分かっている人はいないんだろうね。

「さて、続きを頑張るか」

ソフィア達との雑談もそこそこに、農地開墾に戻る。

ゴゴゴゴォォォーー！

さっき作った農地と同じサイズで、新しい農地が出来上がる。

「これって、用水路も必要なんだよね」

「はい。ここは作っていただく必要がありますね」

ソフィアに確認すると、彼女は紙を広げて用水路を作る位置を教えてくれる。

この開墾している農地の近くには川が流れているのが見える。

「あの川から用水路を引くんだね……この辺りの降水量ってどうなんだろう？」

「雨は分かりませんが、大きな河川は皇都付近に二本と、この近くの一本。あとは小さな川はあちこちにあるみたいですね」

「何気にここって良い土地なんだよね」

「そうですね」

シドニアは大陸の中央にあるだけじゃなく、農業をする上で必要な水にも困らない。

加えて、この大陸の中央部は平坦な土地が多く、本来なら豊かな農業国になっていても不思議じゃない。

しかもシドニアには危険な魔境がほぼ存在しなかったので、開発さえすれば発展する事間違いなしだと思うのだけど、嘗てのシドニアはそのリソースのほとんどを宗教に注ぎ込んでいた。

勿体《もったい》ない話だと思う。

シドニア神皇国があった頃、宗教や人種差別の問題もあり、この大陸の中央にあるという立地を活かせていなかった。

さらに税は重く、交易もそれほど盛んではなかった。

ソフィアと話していると、僕を呼ぶ声が聞こえた。

「イルマ殿ー！　次はここからあの木のある場所までお願いしますー！」

「……分かりました」

僕の休憩はお終いらしい。

僕への依頼は、バーキラ王国、ロマリア王国、ユグル王国の三ヶ国合同で出されているからか、三ヶ国から派遣されている文官から遠慮なく指示が飛んでくる。

農地を開墾し、水路を引き、指示された場所には溜池を掘る。

治水のために川の堤防を強化し、場所によっては川底をさらい流れを変える。

さらに、サイモン様から追加で、川に水車小屋の設置を頼まれた。

この水車小屋は、ドワーフの職人や人族の職人も手伝い、シドニアのあちこちに大量に建てられる。

どうやら三ヶ国同盟は、このシドニアを小麦の生産地にしたいようで、その小麦を粉にするための水車小屋の大量設置だった。

「依頼料を貰っての仕事とはいえ、人の土地なのに頑張ってるよね、僕」

「ですね、開墾しても自分の物になるわけじゃありませんものね」

「自分の物になっても困るけどね」

小さい国土なんて言われているシドニアだけど、国中の農地開墾となると一大事業だ。

……まさか僕任せじゃないよね？

30　フローラ、自由への逃走？

バールの形を変えた自殺とも言える、黒い魔物の氾濫を収束させたタクミ達だが、その後も三ヶ国直々の依頼で、復興の手伝い……というか、復興の主力として忙しい日々を過ごしていた。

三人の娘も可愛い盛りなので、家にいる時間が短いのを寂しく思うタクミだが、それは子供達も同じだった。

ソフィアとの娘エトワール、マリアとの娘春香、マーニとの娘フローラ。

同じ時期に生まれた三人だが、エルフ、人族、獣人族と、種族が異なるために、成長の速度に違いが出てくるのは仕方ない。

ソフィアの母親フリージアは、ほぼ毎日タクミの家に来ては、エトワールの相手をしている。

春香やフローラも、聖域に移住して文官として働く、バーキラ王国宰相サイモンの妻ロザリーや、イルマ家の文官娘衆の一人、シャルロットの母親で、同じく聖域に移住したエリザベス達に可愛がられている。

ただ、この時点で一人飛び抜けた身体能力を持つフローラは、メイド長であるメリーベルを始め、他のメイド達を振り回していた。

幼いながら本が好きで、フリージアが教える魔法の勉強にも熱心なエトワール。

人族の幼児らしく、まだ常識の範囲に収まる春香。

タクミの血を引くだけに、獣人族とはいえ魔法の素養はあるはずだが、体を動かすのが大好きで、じっとしていられない元気っ子のフローラが、メイド達を振り回すのは予想出来た事だった。

母親のマーニが聖域でフローラの相手をしている時は問題ない。

フローラも幼いながら、逆らってはいけない相手は分かっているようだ。

加えて、いくらフローラの身体能力が、普通の獣人族と比べて高いとはいえ、所詮はレベルもまだ上げていない幼児だ。

タクミ達と数多《あまた》の戦場を潜り抜けたマーニには敵《かな》わない。

そしてイルマ家のメイドや文官娘達も、自衛のためにパワーレベリングを施されているので、本来なら幼児であるフローラに振り回される事はないはずなのだが……

「フローラ様ー！　お待ちなさーい！」

「やーだぁー！」

メイド長のメリーベルが、メイド服のスカートを押さえながら、勉強の時間に逃げ出したフローラを追いかける。

机に座って勉強をするのが苦手なフローラは、メイド達の隙を突いて家を飛び出していた。

メリーベルが呼び止めるも、返答は当然否である。

「サーラ！　右をお願い！」

「はい！」

「アンナは左から！　私が頭を押さえますから、ティファはこのまま後ろから！」

「「はい！」」

メイド達がスカートをたくし上げて猛スピードでフローラを追いかける。

何故、まだ幼いフローラに対して、そこまで本気の追走なのかというと、フローラが逃走している手段に原因があった。

「フェリル！　もっとはやく！」

『……ガゥ』

フローラは、アカネの従魔で、巨大な狼の魔物のフェリルの背に乗り逃げていた。

背後を振り返り、追いかけてくるメリーベル達との距離が近づいているのに焦り、フェリルを急かすフローラだが、フェリルは困ったような表情を見せている。加えて、走る速度もフェリルの全速にはほど遠いスピードだ。

フェリルくらいの高レベルの従魔は、高い知能を持っている。

当然、メイド達から逃げれば後で自分が叱られるのを分かっているので、本気で逃げる真似はしない。

フェリルは賢い上に、もともと狼の魔物なので、イルマ家でのヒエラルキーは理解している。狼は群れの生き物なのだ。

タクミや主人であるアカネが最上位なのは間違いない。その後にソフィアやマリア、マーニといったタクミの奥さん達。勿論カエデも決して逆らってはいけない相手だ。

そしてメリーベル達メイドはと言うと、イルマ家の様々な内向きの事を取り仕切っている存在なので、これまたフェリル達従魔が逆らっていい相手ではなかった。

「フェリル！　捕まっちゃう！」

「はい！　確保ぉー！」

とうとう追い着いたメリーベルに襟首を掴《つか》まれ、片手で持ち上げられるフローラ。まるで猫の子が母猫に首を咥《くわ》えられて運ばれる様子に見える。

「きゅう……」

「はぁ、はぁ、はぁ、フローラ様、お勉強の時間ですよ」

「うう、おべんきょう、キライ……」

手足をダランとさせて、一応観念するフローラだが、それでも勉強は嫌なようだ。

「エトワール様や春香様は大人しくお勉強されてますよ」

「うう、フローラ、お勉強キライなんだもん」

「タクミ様に報告しますよ」

「……わかった。お勉強する」

メリーベルがタクミの名を出すと、渋々勉強する事を承諾するフローラ。

大好きなタクミに叱られるのは嫌らしい。

勉強と言っても、文字の読み書きと簡単な算数を最近始めたばかりなのだが、フローラの逃走劇は、聖域の住民にとって珍しくなくなっている。

勿論、タクミも知っているものの、娘に甘い彼が叱った事は一度もない。

その分マーニにたっぷりと怒られるのだが……

今日のフローラの自由への逃走は、十分ほどで終わったのだった。

31　マーニはスパルタ？

子供部屋で三人の幼い女の子が机に向かっている。

勿論、タクミの娘のエトワール、春香、フローラの三人だ。

そのエトワール達の側には、一人一人にメイドが付いている。

それに加え、今日は母親の一人であるマーニと、エトワールにとっては祖母のフリージア、バーキラ王国宰相夫人のロザリーもいた。

エトワールはフリージアに算数を教えてもらっていた。

「出来た！」

「エトワールちゃんは天才ねぇ。流石私の孫だわ」

足し算と引き算の問題を解き終えたエトワールが書き終えた解答を渡すと、それを見たフリージアが手放しで褒める。

「春香ちゃん、上手よ。丁寧に書く事が大事よ」

「うん！」

春香はロザリーに、文字の読み書きを教えてもらっていた。

この世界の文字の種類はアルファベットに近く、三十しかない。

タクミやアカネの故郷の言語である日本語のように、平仮名とカタカナ、さらに難度が高く数の多い漢字を覚える必要はない。

それに春香は文字を習い始めたばかりなので、まだ簡単な単語や自分の名前をロザリーの手本通りに書くだけだ。

一方、三人の娘の中で、一人机に突っ伏しているのは、脱走騒ぎを起こしたフローラだった。

「きゅう〜」

「きゅう、じゃありませんよ。フローラは昨日の分も残ってるんですからね」

「ママァ〜」

情けない声を上げるフローラに、母親として厳しく接するマーニ。

マーニは獣人族の貧しく小さな集落で生まれ育ち、大人になっても文字の読み書きが出来ず、苦労して必死に勉強した経験があるので、娘のフローラには同じ思いをさせたくなかった。

マーニの場合、タクミに保護され身の回りの世話をするようになり、タクミの周辺にいる人が皆

読み書き計算が当然のように出来る者ばかりだった事も不運だった。

元ユグル王国の騎士だったソフィアはさておき、元奴隷のマリアやレーヴァも一般の平民の水準を超える学力を持っていた事に、当時のマーニは大きな衝撃を受けた。

お陰で、マーニはタクミの側にいるために、戦闘訓練のかたわら、文字の読み書きや計算の勉強を、大人になってから始めなければならなかった。

イルマ家で働く文官娘達ほどの知識や能力は望むべくもないが、最低限の読み書き計算を身に付けるのは、マーニにしてみれば本当に大変だったのだ。

そんな自身の苦労した経験から、フローラにはちゃんとした教育を受けさせると決めていた。

「きゅう～～」

「本当に貴女《あなた》は、もう……」

知恵熱を出してしまいそうなフローラを見て、首を横に振り、やれやれと溜息を吐くマーニ。

「エトワールや春香を見習いなさい。二人は、もう大分先に進んでいますよ」

「うぅ……だって、勉強キライなんだもん」

「キライでも必要なのは分かるでしょう？」

「……パパは、勉強、勉強って言わないよ」

「はぁ、旦那様は娘に甘いから」

フローラが頬を膨らませて訴えると、マーニやフリージア、ロザリーやメイド達も苦笑いする。

基本的にタクミは子供達に何かを強要する事はない。

躾《しつけ》の一環で叱る事もない。

子供達が間違った事をした時は、叱るのではなく、丁寧に何が間違っていたのかを子供達が分かるまで説明する。

だから子供達を叱るのは、もっぱら母親とメイド達になる。

エトワールの祖母のフリージアも孫には甘いので、ほとんど叱る事はないし、祖父のダンテに至っては、庇《かば》う事はあっても怒っている所を、マーニは見た事がない。

「ほら、エトワールと春香はもう終わりそうよ。フローラだけ居残りで勉強したくないでしょ」

「うぅ〜、がんばるぅ〜」

マーニにハッパをかけられ、両手の指を使って計算問題を解いていくフローラ。

メイド達が作った問題は、フローラの分だけは両手の指で足りない問題は出されていない。

まだ始めたばかりの彼女が、勉強をこれ以上嫌いにならないようにとの配慮だった。

因みに、エトワールと春香は普通に二桁の計算問題を暗算で解いている。

今は足し算と引き算の問題が中心だが、もう直ぐかけ算と割り算に移れそうだ。


フローラなりに一生懸命頑張ったのだろう。

その次の日、フローラは知恵熱？　で寝込む事になる。

「マーニ、フローラの勉強はゆっくりで良いよ。フローラにはフローラの良いところがあるんだから。何も慌てる必要はないと思うよ」

タクミがフローラが寝込んだ事を知り、苦笑いしながらマーニにアドバイスした。

「……はい。ゆっくりと長い目で見てあげます」

その後、少しだけフローラの勉強のペースがゆっくりになったという。

32 エトワールは優等生

「きゅう～」

机に突っ伏しているフローラを横目に、自分に与えられた課題を黙々と片付けていくのは、三人の娘の中でも周りから優等生として認識されているエトワールだった。

身体能力が高く活発なフローラと天真爛漫《てんしんらんまん》で明るい春香、そして大人しく行儀の良いエトワールと、三人の娘の個性は見事にバラバラだ。

自分にとっては簡単な計算問題に、頭を抱えているフローラを見て、やれやれと頭を横に振るエトワール。

自分の分の今日の課題を終え祖母のフリージアに見せてOKが出ると、フローラが問題と格闘している所に向かう。

「フローラ、どの問題が分からないの？」

「うぅっ、エトワールお姉ちゃん……えっと、全部」

エトワール、春香、フローラの順番に産まれたので、エトワールが長女、春香が次女、フローラが末っ子の三女だ。

エトワールは長女だからというわけではないが、同じ歳にもかかわらず、春香やフローラの面倒をよく見ていた。

こうして三人で勉強をする場合でも、自分の課題が終わったら、フローラの勉強を手伝うのは、最早日常の光景になっている。

「よし！　でーきた！」

そうこうしているうちに、春香も今日の課題を終え、笑顔で解答用紙を掲げた。

「うぅ、春香姉……」

「ほら、ひとつひとつ片付けないと終わらないよ」

「うぅ……勉強キライ」

焦るフローラを、エトワールは宥めて問題に向かわせる。

それを微笑ましげに見ているメイド達や、流石自分の孫だとばばバカが止まらないフリージア。

身体能力で言えば、エルフのエトワールは姉妹の中で一番低い。

身体能力が高い獣人族のフローラは勿論だが、人族の春香もエルフであるエトワールよりは運動が出来た。

ただ、それ以上にエトワールは優れたものを持っている。

エルフ特有の精霊魔法は勿論、属性魔法も母親譲りの風属性や水属性以外に、希少な光属性に適性がある。

加えてエルフは魔法適性が高い種族。

まだ幼いエトワールだが初級の魔法を使い熟していた。

そして彼女の才能は、勉強方面にも発揮される。

三人の中で一番に文字の読み書きを覚えたのは、エトワールだった。

その後、タクミが娘達のために買い求めた絵本から読書に興味を持ち、タクミやレーヴァ、アカネ達が大陸中から集めた絵本以外の本を読み始めたのだ。

「え～と、え～と……」

「まだ～フローラ。早く終わらせて遊ぼうよぉ」

両手の指を使って、一生懸命算数の問題に向かうフローラを春香が急かす。

「春香、フローラを急かしたらダメよ。フローラも焦らなくても大丈夫だからね」

「うぅ、エトワールお姉ちゃん」

子供らしからぬ振る舞いのエトワールに、その場の大人達も感心しきりだが、エトワールは自分がどういう風に見られているか計算していた。

無理して優等生キャラをしているわけではないものの、大人受けを意識して演じている部分もあった。

幼い自分の姿と子供らしからぬ振る舞いのギャップを狙っているのだ。

「ここはエトワール様に任せても大丈夫のようですね」

「私も見ているから平気よ」

「では、私もタクミ様のお手伝いに行きますね」

フローラの面倒を見るエトワールを見てメイドが言うと、フリージアがその場を請け負った。

母親のマーニも、タクミのもとへと向かう事にしたようだ。

それを聞いたフローラの表情が少し明るくなる。

「マーニお母さん、フローラは私に任せて」

「じゃあ、お願いするわね、エトワール」

マーニはエトワールの頭を撫でてこの場を任せ、部屋を出ていった。

「……はぁ、やっとママがいなくなったよぉ」

「フフッ、マーニお母さんはフローラに厳しいからね」

「厳しすぎだよぉ」

「フローラが早く勉強を終わらせないからでしょ。ほら、早く終わらせて遊ぼうよ」

「うぅ、そうだった」

再び机に向かうフローラ。今度はエトワールに加えて春香も手伝って算数の問題を解く。

問題を解き終え、フリージアのOKが出ると、水を得た魚のように元気に外へと駆け出すフローラと、それを追いかける春香とエトワール。

それは毎日繰り返されるイルマ家の日常。

今日もフローラは元気一杯だ。

33　春香は甘えたさん

エトワール、春香、フローラの三姉妹の中で、獣人族故の高い身体能力を持つフローラや、エルフ特有の魔力量や精霊魔法を持つエトワールと比べ、人族の春香は突出したものを持たない。身体能力や魔力に関して、父親のタクミと母親のマリアから受け継いで、並の人族とは比べられないほど優れてはいる。

突出した能力はないが、高い次元でまとまっているのだ。

活発でいつも外を駆け回り、やんちゃで度々メイド達に追いかけられているフローラ。賢く優等生で、自らそれを演じる計算高さもあるエトワール。そして母親のマリアに似たのか、天真爛漫で太陽の様に明るい春香。

見事に性格が分かれたが、タクミはこれも彼女達の個性と受け止めている。

優等生と見られているエトワールや、やんちゃなフローラ、天真爛漫な春香も、タクミには素直に甘えている。

「あっ！　パパー！」

「おっと、春香、ただいま」

「おかえりなさーい！」

ちょうどタクミが旧シドニア神皇国から戻ってきて姿を見せると、それを見つけた春香が満面の笑みでダイブして迎える。

「あっ、春香ずるい！　パパ！　フローラも、フローラも！」

「おっと！」

抱き上げられた春香を見て、フローラもタクミに飛びついていく。

実はタクミが帰った事に真っ先に気付いたのは、獣人族として嗅覚や聴覚に優れたフローラだったのだが、自分の遊びに夢中で出遅れたのだ。

「パパ、おかえりなさい」

「ただいま。エトワールも良い子にしてたかい？」

「うん！　お本をいっぱい読んだよ」

「へぇ～、凄いなエトワールは」

「エヘヘヘッ」

エトワールは春香やフローラと違い、タクミに飛びつく事はないが、それでもトコトコと駆け寄ると、タクミの足にしがみついて見上げるようにして出迎える。

タクミがエトワールを褒めて、頭を撫でているが、この辺りの仕草は、多分にエトワールの計算が入っている。

春香とフローラが、コアラのようにタクミにしがみついているものの、ちゃんとタクミがエトワールの頭を撫でやすい位置を考えているのだ。

「パパ！　パパ！　あのね！　今日はね！」

春香がタクミに今日一日の出来事を嬉しそうに話す。

別段、特別な事もない一日だったはずだが、春香にとってはタクミに話したい事柄が色々とあったのだろう。

些細でたわいのない事でも、当然タクミは嫌な顔ひとつする事なく春香の話に耳を傾けながら、エトワールやフローラを連れてリビングへと向かう。

タクミが定位置に座ると、その横を確保し、チョコンと座って本を読むのはエトワールだ。

この控えめな感じがいつものエトワールのタクミへの甘え方だった。

フローラはどうかというと、タクミにしがみついてスキンシップをとり満足したのか、庭でアカネの従魔であるフェリルやレーヴァの従魔のセルと遊びに行ってしまった。

フローラはどうしても体を動かしていたいようだ。元気が有り余っているのだろう。

その反動で夜電池が切れたように眠るフローラに、タクミやマーニも、元気なのだからこれで良いかと思っている。

「それでねぇ、フローラがいたずらしてメリーベルに叱られたの。それでねぇ、ウィンディーネがねぇ……」

「へぇ、そうなんだ」

そして春香はと言うと、タクミが外から戻ると、エトワールのように横を確保するのではなく、タクミの膝の上に陣取り、一生懸命今日の出来事を話していた。

三人姉妹の中で、一番タクミに直接的にベタベタと甘えるのは春香だろう。

「ほらほら春香、ご飯の前にお風呂入ってきなさい」

「エトワールも本を置いて、お風呂ですよ」

「フローラ！　お風呂！」

「「「はーい！」」」

タクミがメイドの淹れたお茶を飲み終えたタイミングで、マリア、ソフィア、マーニが子供達にお風呂に入るよう指示を出した。

「パパ、行こう！」

「私パパの背中洗ったげる！」

「よし、行くか」

エトワールがタクミの手を取り、春香もタクミの背中を洗うんだと張り切っている。

「わたしもー！」

「おっと」

庭で遊んでいたフローラが飛びついてきたのを、タクミが受け止めた。

タクミは、三人の娘に囲まれてお風呂場へと向かう。

いつまで一緒にお風呂に入ってくれるのかと思いながら、今日も賑やかな時間は過ぎていく。

34　困った国の困った奴

大陸の中央から南側、北にロマリア王国、東に旧シドニア神皇国、南にサマンドール王国、西に広大な未開地と接している国。

度々他国への侵攻を繰り返すならず者国家。

つい先年にも旧シドニアと組み、魔境が点在する未開地を行軍するという無謀な行為を行い、バーキラ王国、ロマリア王国、ユグル王国の三ヶ国連合と争い敗れた国――トリアリア王国。

神光教とシドニア神皇国を発端とした厄災を、タクミとその家族や仲間、バーキラ王国をはじめとする三ヶ国が協力し収め、漸く大陸に平穏が訪れていた。


その状況に、不機嫌さを隠しもせず苛つく男がいた。

トリアリア王マーキラス。

今や大陸中で唯一の人族至上主義の国家となったトリアリア王国の野心溢れる王だ。

「良い気になりおって、今に見ておれ」

マーキラスが不機嫌な原因は、旧シドニアにある。

現在のトリアリア王国は、先の戦争もあってバーキラ王国、ロマリア王国、ユグル王国の三ヶ国と敵対関係にある。

この大陸で唯一同盟関係に近かったシドニア神皇国の崩壊後、敗戦から立ち直り、疲弊した旧シドニアの併合へと動こうと思った矢先の黒い魔物氾濫だった。

血縁の貴族も多く、交易国のサマンドール王国は別にして、唯一の友好国だったシドニアへの侵攻を一ミリも躊躇《ためら》わないのはマーキラスだけでなく、トリアリア王国自体がそういう国なのだ。

この国は、常に外に敵を作らないと、成り立たなかった。

シドニアが国家として崩壊し、三ヶ国が援助して復興し始めた事で、マーキラスにとって友好国は美味しい獲物に変わった。

戦争の敗戦による影響もまだあるが、まともな軍の存在しないシドニアなら、攻め込めば刈り取り放題だとほくそ笑んでいたのだが、そうはいかなかった。

一般の国民にも被害は多かったが、魔物を討伐する過程で軍にも大きな被害が出てしまった。通常の魔物よりも強化されていたので当然かもしれない。それをほぼ兵力を損なう事なく駆逐した三ヶ国がおかしいのだ。

当然、バーキラ王国やロマリア王国、ユグル王国に配備された陸戦艇サラマンダーはマーキラスに知られていない。ましてや聖域騎士団のガルーダやサンダーボルトの事など想像の埒外《らちがい》だろう。

「クソッ！　何処までも足を引っ張りおって！」

「陛下、お気を確かに」

「分かっておるわ！」

イライラが頂点に達したのか、マーキラスが自身が座っていた玉座の肘置きを叩く。

それを諫《いさ》めるのは軍務卿《ぐんむきょう》バラカン。

「陛下、今の兵力でもサマンドールへの侵攻なら可能ですが？」

「国内の貴族連中が許さんわ」

「でしょうな」

軍事力という意味では、大陸の中でも最弱のサマンドール王国なら黒い魔物の被害を受けた現在でも侵攻は可能だろう。

ただ、それをすると国内の貴族達が黙っていない。

大陸の全ての国はもとより、魔大陸とも交易するサマンドール王国。

温暖で海を持つサマンドール王国は、トリアリア王国とも関係が深い。

トリアリア王国内の少なくない貴族は、サマンドール王国の商会を持つ貴族と婚姻外交を行っている。

サマンドールへの侵攻となると、その貴族達がマーキラスへ牙を剥くかもしれない。

「それにサマンドールを奪っても、我らでは交易で利を得るのは無理ですぞ」

「分かっておる」

そう、バラカンが指摘するように、トリアリアがサマンドールを支配しても、大陸中の国と交易するのは不可能だ。

ノムストル王国は別にしても、バーキラ王国、ロマリア王国、ユグル王国の三ヶ国とは現在進行形で敵対しているのだから。

特にユグル王国とトリアリア王国が和睦《わぼく》する事は有り得ないだろう。

エルフの奴隷を欲して侵攻しようとする国と、まともな関係を築けるわけがない。

「どうせ、交易のノウハウも我が国は持たんのだ。サマンドールとの関係を維持する以外の選択肢はあるまい」

「そうですな。特に魔大陸との交易など、我が国では無理ですからな」

「サマンドールも商売とはいえ、バケモノ共と交易など節操がないの」

「それで希少な魔大陸の品が手に入るのですから」

「余ならバケモノの相手などしたくないな」

魔大陸でしか産出しない希少な品が手に入れられなくなるのは避けたい。となるとサマンドール王国に頼るしかないのだ。

「今はしばらく我慢の時かと……」

「今のシドニアには三ヶ国の騎士団が大量に入っているからの……未開地の都市へ侵攻するか?」

「難しいと思われます」

「……だろうな」

未開地に築かれ賑わうウェッジフォートやバロルは、生半可な兵力では墜《お》ちないだろう。

それにシドニアとの連合で敗れたばかりだ。トリアリア単独ではなおさら勝ち筋は見えない。

「シドニアの一部でも奪えぬものか……」

「そうですな。兵達のガス抜きも必要ですからな……少し考えてみましょう」

「頼むぞ、バラカン」

トリアリアに立ち止まるという選択肢は存在しない。

三ヶ国と友好的な関係を構築するなど有り得ない。

欲しい物は奪う。

それがトリアリア王国なのだから。

35　タクミ、トリアリア問題を考える

僕──タクミは大陸の西にある聖域の我が家で、トリアリア王国の事を皆んなと話していた。

事の発端は、例の如く風の大精霊シルフだった。

「ねぇタクミ。いつまでトリアリアの違法奴隷を許しておくわけ？」

そのシルフの言葉にリビングで寛いでいた僕達は頭を悩ませる。

「トリアリアなぁ～、分かってるんだけどなぁ」

「そうですね。トリアリア王国は扱いが難しいですね」

「でも放置も出来ないでしょう？」

トリアリア王国の扱いに悩む僕とソフィアに、アカネは放ってはおけないと言った。

僕もトリアリア王国の事を忘れていたわけじゃない。

今となっては、大陸唯一の人族至上主義の国で、なおかつ軍事国家であり、常に他国を侵略する機会を狙っている厄介な国だ。

およそ五十年前のユグル王国への侵攻も、種族として容姿が優れているエルフの奴隷が欲しいという愚かな理由だった。

この前のシドニア神皇国と連合しての未開地での戦いは、バーキラ王国やロマリア王国が未開地に拠点となる城塞都市を築き、聖域との交易を始めた事がきっかけだ。

要するに聖域やウェッジフォートが欲しかったんだ。

多分、そのついでにエルフの奴隷でも手に入れば儲けものとでも思っていたんだろう。

結果は、シドニア・トリアリア連合の惨敗に終わり、危ない薬でアンデッド化していたシドニアの兵士が殲滅される中、多くの犠牲者を出しながらもトリアリア軍は逃げ帰っている。

「まぁ、ろくでもない国なのは今さらだけど、だからといって僕達から攻め込むのは違うだろ？」

「そうですね」

「普通に一国に対して戦争を仕掛ける話をしているタクミ様とマリアさんの感覚もどうかと思うのであります」

レーヴァに指摘され、確かに僕達でトリアリア王国をどうにかするような話になっていたと気付く。

「レーヴァの言う通りね。仕掛けるのは戦争じゃなく喧嘩《けんか》よ」

「アカネ、それも違うと思うよ」

アカネの言葉に呆れていると、ルルちゃんとマーニが口を開く。

「タクミ様、トリアリアには獣人族の奴隷も多いはずニャ」

「確か、トリアリアでは人族以外は例外なく奴隷のはずです。その扱いも酷いと聞いています」

「トリアリアじゃ、獣人族がまともな扱いなわけないよね」

シドニアでもそうだったらしいが、人族以外の種族の扱いは、トリアリアでも酷いものらしい。

「難しく考える必要なんてないのよ。トリアリアは聖域を含め三ヶ国とまともに停戦協定も結んでいないんでしょう？　なら、私達がトリアリア国内で、多少ゴチャゴチャするくらい大丈夫じゃない？」

「アカネ……そんな乱暴な……でも、それはありかもしれないな」

「そうよ。シドニアでも皇都でこっそりとエルフの奴隷を助けたじゃない。同じ事をするだけよ」

「トリアリア王国全土で？　しかも今度は獣人族もとなると、そんな簡単にはいかないよ」

アカネの言うように、トリアリア王国なんかに配慮する必要はないと僕も思う。

でも、シドニアの皇都で行ったエルフの奴隷救出作戦を、獣人族にまでその範囲を広げ、トリアリア王国全土で行うのは大変だと思うんだけどな。

「それを考えるのがタクミの仕事でしょう。どうせ隠密《おんみつ》作戦になるんだから、メンバーも限られてくるしね」

「……分かったよ。少し考えてみるよ」

元から大精霊のシルフの話なので、何も動かないわけにはいかないんだしな。

どうせ街の一つで救出作戦を行ったら、その時点で騒ぎになるんだ。

そうやって警戒が厳しくなったら、奴隷を救出出来るのは、転移魔法を使えて高い隠密スキルを持つ僕達パーティーしかいない。

「僕とカエデで行動するのが一番効率が良いのか」

「タクミ様お一人で行かせたくありませんが、カエデがいるなら心配はないでしょうね」

「タクミ様はベリーハードですけどね」

ソフィアとマリアがそう言って苦笑いする。まあそれは仕方ないよね。

「よし！　違法奴隷解放作戦を練ろう」

「流石タクミ、頑張ってね」

いや、留守番する気だなアカネ……

こうしてトリアリア王国での奴隷解放作戦が動き出した。

トリアリア王国だけに、人族以外の奴隷がほとんどのはずだけど、人族はどうなんだろうね。

36　タクミ、各所に相談する

トリアリア王国で、種族が人族じゃないというだけで奴隷とされ、不当な扱いを受けている人達の救済を決心して数日。これは僕達だけで決めて動くと周りに迷惑がかかる恐れがあると気が付いた。

勿論、救出の際に、見つかるヘマは犯さないつもりだけど、犯人が分からないとなると、トリアリア王国が、バーキラ王国やロマリア王国、ユグル王国の関与を疑う可能性は高い。

そこで勝手に先走る前に、サイモン様に連絡すると、何故かウェッジフォートで三ヶ国の宰相と会談をする羽目になった。

「イルマ殿は若くて元気があって良いのぅ。儂はシドニアの復興支援で目が回るほど忙しくてのぅ。歳も歳じゃ、隠居して妻とのんびり余生を送りたいわ。まぁ、ロザリーは聖域の仕事が忙しいようじゃがな」

「……すみません」

バーキラ王国の役所として僕がウェッジフォートに創ったお城のような建物の一室で、会うなり刺《とげ》のある言葉を投げかけてきたのは、バーキラ王国の宰相サイモン様だ。

確かに疲れた顔をしている。シドニアの復興支援が大変なんだろうな。

「でも、シドニアの復興は、僕もお手伝いしてるじゃないですか」

「まぁ、確かにイルマ殿の助力は小さくはないのぅ」

三ヶ国が主導して行っているシドニアの復興事業だけど、人海戦術でもお金と時間がかかり過ぎる大工事なんかは、僕が力技で土属性魔法を使っている事が多い。

三ヶ国の魔法師団にも、土木工事を魔法で熟せる人員はいるが、それほど多くないうえに魔力量の問題で、どうしても僕に仕事の依頼が回ってくる。

「お待たせしましたかの？」

「おお、もう来られていましたか」

会議室に、ユグル王国宰相バルザ様、ロマリア王国宰相ドレッド様が入ってきて、三ヶ国同盟の宰相が集まった。

本来なら宰相には文官や護衛が付き従うのが普通だけど、表沙汰に出来る話ではないので、最小人数での話し合いになった。

「これで全員揃いましたね。では、早速、今日来ていただいた件ですが……」

僕が切り出すと、事前の連絡で内容を把握しているバルザ様とドレッド様が口を開く。

「イルマ殿からの提案なのだがな……ユグル王国としては、同胞の救出は是非《ぜひ》ともしたいのじゃがなぁ……」

「今、トリアリア王国と戦争すれば、三ヶ国同盟が確実に勝つだろうしな……」

同胞であるエルフを高級奴隷としているだろうトリアリア王国相手の話だというのに、バルザ様の口は重い。おそらく同じ理由で、ロマリア王国宰相のドレッド様も否定的な表情だった。

理由は分かっている。

「やっぱり、シドニアに次《つ》いでトリアリアでは負担が大き過ぎますか」

「「「…………」」」

僕の言葉に三人は無言で肯定した。

三ヶ国としては、シドニアが落ち着くまでは動きたくないのが本音なのだ。

勿論、ユグル王国としては、建前として同胞を救出したいと言わないとダメなんだろうが、ここは四人だけで秘密裏に集まっただけで、正式な会談でもない。ある程度の本音は許される。

「イルマ殿がヘマはせんとは思うが、多くの奴隷が消えた時点で、周辺国の仕業だと疑うじゃろうからな」

「仮にそれで開戦となったとして、今度こそトリアリア王国は潰してしまわねばなるまい」

「人道的な観点から見れば、助けたい気持ちはやまやまじゃが、今はそのリソースはシドニア復興に注ぎ込みたいからのぅ」

サイモン様、バルザ様、ドレッド様が否定的な意見を並べた。

そうなんだよな。三人としては、宰相としてそれぞれの国の利を一番に考えなければならない。いくら獣人族やエルフ族の奴隷救済を謳っても、そのために戦争になれば、国民にまた大きな負担が掛かるからね。

さて、どうやって、僕達の行動を黙認してもらうかだな。

そこで僕は、まずは三人の中の一人にターゲットを絞る。

「因みに、これの言い出しっぺは、シルフなんですけど……」

「なっ！　シルフ様の望みですと！」

バルザ様が驚きの声を上げる。

ちょっとズルイかもしれないけど、大精霊に絶対的な信仰を持つエルフのバルザ様を揺さぶる事にした。

「ググググッ……」

バルザ様が、腕を組み眉間《みけん》にしわを寄せて唸る。

普通なら、ユグル王国を優先して軽挙はつつしむようにと、僕に釘を刺して終わりだろうけど、シルフの名前はエルフにとって軽くない。

勿論、僕も今の時期にトリアリア王国と戦争になるのは避けたいし、僕が戦争のきっかけになるのは本意じゃない。

戦争に勝ってトリアリア王国が崩壊しても、その後が大変なのは考えるまでもないからね。

滅ぼして終わりなら簡単なんだけどな。

いや、戦争ってだけで、多くの人が命を落とすのだから、戦争にならないに越した事はないか。

バルザ様が考え込み、サイモン様とドレッド様も何か良い方法はないかと頭を悩ませる。

会議室で、三ヶ国のお偉いさんが頭を抱えているのを、僕はまるで人事《ひとごと》のように見ていた。

だって、シルフに頼まれた時点で、僕としては奴隷救出は確定だからね。

37　会議は続く

結局三ヶ国の宰相三人からは、出来れば大人しくしておいてほしいと、言外にほのめかされてしまった。

三ヶ国をトラブルに巻き込みそうな案件なので、良い返事なんて最初から期待はしていなかったけど、ユグル王国の宰相バルザ様までが消極的なのは意外だった。

そしてしばらく重苦しい時間が過ぎた後、バルザ様が口を開いた。

「……どうじゃろう。助け出されたエルフに関しては、ユグル王国が責任を持って保護しよう。ただ、救出に我が国が関与するのは難しい」

「はい。それでお願いします」

僕はバルザ様の提案に飛びついた。

もともと救出作戦は、極少数で行う予定だったので、ユグル王国の助力がなくても問題ない。ただ、助けた人を全員聖域で保護するとなると、色々と大変なので、バルザ様に救出したエルフの保護を約束してもらえただけでありがたい。

「……ふむ、エルフをトリアリアの近くには危なくて置いておけんな。なら我が国も獣人族の解放奴隷をいくらか受けもとうかのぅ」

「そうですな。シドニアの中でも、トリアリアとの国境から遠い場所なら保護出来るじゃろう」

「本当ですか」

バルザ様が同胞であるエルフの保護を約束してくれたのをきっかけに、サイモン様とドレッド様も旧シドニアに移民として受け入れ、保護すると言った。

三人とも積極的には助力出来ないが、僕が個人で動く事には目を瞑るというスタンスみたいだ。

まぁ、トリアリア王国を滅ぼすのは意外と簡単なのは三人とも理解している。

だけど、戦争となれば、トリアリア王国だけでなく、こちらにも多くの死傷者が出るのは避けられない。

そしてその後、国が崩壊したトリアリアを、統治しないといけないんだ。シドニアで手一杯だという事だね。

「イルマ殿、くれぐれも戦争の火種とならんように頼むぞ」

「ですな。特に我がロマリアは、トリアリアと国境を接してますから、可能な限り我が国にトリアリアの目が向かぬよう頼みますぞ」

「まぁ、最悪ユグル王国は、イルマ殿と共に戦うがの」

サイモン様とドレッド様が、トリアリアを刺激しないようにと注意したのに対し、バルザ様が僕寄りの発言をすると、裏切られたというように二人がバルザ様を責める。

「なっ！　ズルイぞ！　バルザ殿！」

「そうじゃ！　我らとて、気持ちは同じなのですぞ！」

「まぁまぁ、二人とも落ち着いてください。僕の方でも、トリアリアを刺激しないよう考えてみますから」

僕はサイモン様とドレッド様を宥める。

トリアリア王国中の獣人族やエルフの奴隷を解放して保護すると、その途中でどうしたって騒ぎになる。

だからといって三ヶ国の仕業だと証拠さえ残さなければ、トリアリアも無茶な事はしないだろう。

「何か考えがあるのかの？」

「もの凄く面倒ですけど、少数の奴隷を誰にも気付かれずに解放していくしかないでしょうね。二回言いますけど、もの凄く面倒です」

サイモン様からの問いに対する僕の答えはシンプルだ。

見つからないように、こっそりとさらう……いや、保護する、だな。

「……まぁ、イルマ殿なら大丈夫か」

「そうですな。大陸でもトップの冒険者であり、大精霊様方の加護をお持ちのイルマ殿なら大丈夫でしょう」

僕の実力をある程度知っているサイモン様は、渋々ではあるが納得してくれた。

バルザ様は、僕に大精霊の加護があると勘違いしているが、僕に加護を与えたのが女神ノルン様だって知ったら卒倒するかもね。

一応、三人の宰相には、保護した後の獣人族を復興途中のシドニアで受け入れてもらう約束をしてもらえた。

エルフは、トリアリア王国と国境を接しているシドニアでは危険だし、シドニアに解放されたエルフがいる事をトリアリアに知られるわけにはいかない。そのため祖国であるユグル王国か、聖域で保護する事で話がついた。

因みにサイモン様が、ロザリー夫人に会うために、聖域へ帰る僕についていくと言うので、転移なら一瞬なのに、わざわざツバキの引く馬車で帰る羽目になった。

さて、奴隷救出作戦は、僕とカエデの二人でやらないとダメなんだろうなぁ。

ソフィアとマリア、マーニは、今は無理させられないんだよね。

38 タクミの事情

ウェッジフォートから聖域まで、ツバキの引く馬車ならそれほど掛からない。

たまにはのんびり移動も良いかと、サイモン様と雑談しながら聖域へと戻ってきた。

「いくつかの少数編成のチームで動くのかの？」

「いえ、僕とカエデだけですかね」

「何と!?　一チームだけじゃと！」

家の前に止めた馬車をアイテムボックスの中に収納し、ツバキは聖域の中なので自由にさせる。

そこから玄関まで歩く間、サイモン様から奴隷救出作戦を実行する人員について問われたので、正直に僕とカエデの二人だと話すと、もの凄く驚かれた。

サイモン様をリビングに案内すると、メイドのメリーベルがタイミングよくお茶を淹れて持ってくる。

ソファーに座ったサイモン様が、お茶を一口飲んで落ち着いたところで、何故僕とカエデの二人だけなのか聞いてきた。

その疑問も当然だと思う。

トリアリア王国の面積はそれほど大きくないが、それでも二人で一つの国から全ての奴隷を救出するなんて、正気の沙汰じゃないもんね。

「で、どういう事じゃ？」

「……えっと、ですね」

「おめでたなのよ」

僕がサイモン様からの追及に口籠っていると、階段を下りてきたアカネにバラされてしまう。

「何と！　それはめでたい！」

「は、ハハッ……」

アカネはなおも話し続ける。

「サイモン様、それも一度に全員よ、全員。子供が増えるのは私も嬉しいけど、何も一度にって、ちょっとは考えなさいよ」

「ハハッ、こればっかりは、授かりものだから」

僕は苦笑するしかない。

そう、ソフィア、マリア、マーニの三人の二人目の妊娠が判明したんだ。

「なに、一人増えるよりも、三人なら喜びも三倍じゃろう」

「サイモン様、三人じゃないわ。五人よ！　五人！」

「ご、五人？」

「タクミったら、押しに弱いんですよ。ベールクトとフルーナにガンガン迫られて、流されちゃったのよ」

「何と……確かベールクトとは有翼人族の女戦士で、フルーナとは人魚族の戦士じゃったか」

「い、いや～、まぁ、その……」

冷たい目で非難するアカネと驚きの表情を浮かべるサイモン様に僕は再び苦笑いする。

仕方ないじゃないか。ソフィアやマリア、マーニに嵌められたんだ。

何故か、皆んなで協力してるんだもの。

流されたと言われれば否定出来ないし、ちゃんと責任もとる。

でも、ソフィア達が積極的にベールクトやフルーナの味方になって彼女達に協力するなんて、この世界の価値観にも馴染んできたと思っていたけれど、まだまだ僕は甘かったと思い知らされたよ。

有翼人族達には、主に二人を除いて喜ばれた。

うん、自称次期族長のパート君とバルト君だ。

今、ベールクトは天空島《てんくうとう》の有翼人族の拠点で出産に備えている。体の事を考えれば、聖域の方が安心なんだけど、部族の経験豊富な年配の女性達もいるので、有翼人族としては天空島で産みたいとベールクトの希望だった。

「そういうわけで、隠密作戦となると僕とカエデの二人で行う事になるんです」

「それは仕方ないのぅ。しかし、こちらの受け入れ態勢を整える時間も必要じゃ。ちょうど良かったかもしれんの」

「時間は掛かるかもしれませんが、僕とカエデなら大丈夫だと思います」

二人なのは、ちょうど良かったと思う。

相手が国が主体となって奴隷狩りをするようなトリアリア王国だとはいえ、やる事は向こうからすれば、犯罪行為だからね。

まぁ、悪いとは思ってないけど。

「あとはトリアリアの目が、間違ってロマリアに向かんように気を付けるんじゃな」

「はい。その辺は大丈夫だと思いますよ」

国境を接しているロマリア王国に、トリアリアが報復で侵攻しないようにとサイモン様は言うが、その辺はあまり心配していない。

証拠となる痕跡なんて残さないし、脱出には転移を使うつもりなので、足取りを掴む事も出来ないだろうしね。

勿論、解放する奴隷は、魔法で眠らせてから転移で運ぶ。

「ふむ、救出に関してはいいじゃろう。しかし、全ての奴隷がまともだとは限らんのではないのか?」

「そこはシルフ達が判断してくれますから」

「なら、問題ないか」

救出した奴隷を解放したはいいが、その人達が酷い悪人だったら困るからね。その辺の判断は言い出しっぺのシルフに頼むつもりだ。

トリアリアでも犯罪奴隷は存在するだろうし、ナチュラルにどうしようもない奴もいるしね。

サイモン様はお茶を飲み干すと、ロザリー様の住む家へと帰っていった。

ただ、作戦の開始の時期は、受け入れ態勢構築を考慮に入れ、一月後以降になった。

さて、僕はその間に、隠密作戦に役立つアイテムでも作ろうかな。

39 スパイセット

サイモン様がロザリー夫人の家に帰ったので、僕は工房へ移動した。

「おや、お戻りでありましたか。お帰りなさいであります」

「うん、ただいま。レーヴァは納品用のポーション作り?」

工房ではレーヴァがポーションを作っていた。

僕が工房に入ると、作業の手を止め、顔を上げて迎えてくれる。

レーヴァは、暇があれば何かを作ったり、アイデアを考えていたりと、工房にいる時間が長い。

「もう納品用は終わるであります。タクミ様は何か頼まれたでありますか?」

「いや、例の作戦用に、何か作れないかと思ってね」

「ほほぅ。それは面白そうでありますな」

「だろ？」

僕が工房に来た理由を聞いたレーヴァがわくわくしだす。

そういう僕も、頭の中では有名なスパイモノのテーマ音楽が流れていた。

僕が日本でアラフォーだったからだろうか。子供の頃、駄菓子屋で売っていたスパイ手帳が頭に浮かんだんだ。女子高生だったアカネは知らないだろうね。

僕はウキウキしながら、レーヴァと相談を開始する。

「外套《がいとう》は、認識阻害のエンチャントが付与されているでありますから、あのまま使うでありますか？」

「うーん、それはどうしようか考えてるんだよね。アレって、デザインがそのまんまフード付きの外套だろ？　街に潜入する分には問題ないけど、奴隷の解放となると、家や城への潜入だからね」

「なるほどであります。狭い場所では、身体にフィットした方がいいかもでありますな」

普段使いから敵への不意打ちや潜入任務まで、認識阻害の外套は便利な装備だったんだけど、戦闘よりも潜入に重きを置くとなれば、極力身軽の方がいい。

そこで、僕は紙に鉛筆でアイデアを色々と描き出していく。

「身軽という事は、いつもの軽鎧はダメだよね」

「そうでありますな。それにアレは目立つでありますから」

「確かに……あの存在感は邪魔になるか」

最初に僕とソフィア、マリアの三人のために造った鎧は、レーヴァやマーニ、アカネ達がパーティーに加入していく中、何度もバージョンアップを重ねた。デザイン的にはそれほど変わっていないが、その素材や性能は当初とは段違いのモノになっていた。

「それに、トリアリア王国が相手なら、普段の装備は必要ないでありますよ」

「まぁ、油断する気はないけど、そうだろうね」

ドラゴンやそれに匹敵する魔物でもない限り、今の僕達なら初心者装備でも大丈夫だろう。

そこで僕は日本ならではのスパイの存在を思い出した。

そう、忍者スタイルだ。日本人なら忍者じゃないか。

……もう、僕は日本人じゃないけどね。

思いついたら、早速忍者スタイルのデザインを紙に描き始める。勿論、そこかしこにこちらの世界のデザインを取り入れて。

「おお！　何だか密偵や暗殺者みたいでありますな」

レーヴァが、僕のデザイン案を覗《のぞ》き見て言う。

確かに、この世界の諜報部って言われるとそうかもね。

ただ、この世界の諜報部や暗殺者も、黒尽くめの衣装を纏っているわけじゃない。夜の作戦行動ではそんな時もあるだろうけど、黒尽くめじゃ昼間は逆に目立ってしまうからね。

「色は黒ベースで問題ない。だってカエデの糸から織る最高の布で、付与出来る数も効果も最高の物になるからね」

「でありますな。しかも着るのが、隠密スキルがカンストしたタクミ様とカエデちゃんなら、昼間の人混み溢れる大通りでも誰にも認識されずに歩けるでありますよ」

そう、僕達にはカエデの糸から織る最高の布がある。

丈夫さは勿論の事、付与出来る数も多く、潜入工作に特化した服も難しくない。

「ふむふむ、ブーツも足音を消す工夫が必要でありますな。流石に籠手は防御力が高い物がいるであります」

「だよね。籠手は武器としても使えるようにして、補助系のアクセサリーも何かあれば良いかな」

隠密スキルに、認識阻害のエンチャント、あとは幻術系も付与すれば、それだけで潜入工作は楽勝だろうな。加えてカエデは闇属性魔法を使い熟す。影に潜る事さえ可能なんだから、トリアリア王国レベルの防諜能力では、潜入出来ない場所なんて存在しないだろう。

それでも僕とレーヴァはさらにアイデアを出していく。

「僕もカエデみたいに、糸を使ったりしたいな」

「今のワイヤーアンカーの代替品とかでありますか？」

「いっそ、魔法で何か作れないかな」

「それは、一度大精霊様方にアドバイスをいただいた方がいいかもでありますよ」

「そうだね。それはそうしてみるよ。まぁ、最悪、シールド魔法を足場にすれば、空中でも大丈夫なんだけど……」

「「面白くない（であります）」」

僕とレーヴァの暴走は止まらない。

いつもならブレーキを踏む役割を担っているソフィアは、マリアやマーニと生まれくる子供のための靴下や服を作っている。

こうしてスパイセットの開発は続く。

趣味の絡むもの作りだからか、楽しくて自重という言葉は遥か彼方に飛んでいくのであった。

40 完成したのは忍者装備？

工房で潜入作戦用装備の開発に夢中の僕とレーヴァ。

引き続き話し合いが行われている。

「武器はどうするでありますか？」

「潜入がメインで、見つからない事が前提だから、基本的に目立つ武器は持たないよ」

忍者なら手裏剣やクナイ、マキビシに忍者刀なんかを思い浮かべるけど、必要ない。

逆に足がつきそうだしね。

「そうでありますな。タクミ様とカエデちゃんなら、たとえ戦いになっても無手《むて》で大丈夫でありますな」

「そうだね。逃げる事を優先すれば、武器なんていらないと思うよ」

僕とカエデには体術だけじゃなく魔法もあるし、カエデが糸を使えばどうにでもなるだろう。

ただ、僕もワイヤーアンカーじゃなくて糸を使いたいな。忍者じゃなくて、蜘蛛男的な感じで、ダメかな……少し考えてみよう。

その後、カエデに糸を提供してもらい、レーヴァと布を織り、服に仕立てるのはレーヴァとマリアにお願いした。

その間に、僕は籠手と靴に取り掛かる。

いつものブーツでも大丈夫なんだけど、この際だから潜入作戦に特化したものを作ろうと思う。技術としての歩法などで、足音を立てずに歩く事も可能だが、そこに装備でプラスアルファがあった方がいい。

とはいえ、今のブーツと変えるのは靴底の素材と、それにエンチャントする付与魔法だけだ。あとはデザインを服に合わせる程度かな。

次に作るのは籠手。

この籠手は、特に丈夫にとリクエストしてカエデに出してもらった糸から織った分厚い布に、防御用にアダマンタイト合金の板を仕込む。

そしてワイヤーアンカーの替わりに、カエデの糸を撚《よ》り合わせた頑丈な細いロープを射出する魔導具を組み込む。

ロープの先端には、ワイヤーアンカーで使っていたような突き刺さる物じゃなく、オモリをつけようと思っていた。

形状を工夫しながらミスリル合金で製作したオモリに闇属性魔法をエンチャント。

魔力を流す事で、対象物に吸着するように作った。

アラクネのカエデなら自分が出す糸にこんな細工なんて必要ないんだろうけど、人が真似をしようとすると複雑な細工や付与魔法が必要になってくるんだ。

まぁ、これで僕も蜘蛛男だ。

籠手を作り終えた僕は、レーヴァとマリアが僕とカエデの忍者服を縫っているのを横目に、武器について考えていた。

基本的に、戦闘になった時点で作戦は失敗だから、武器はいらないと思っていたんだけど、それではソフィアやマリア、マーニを心配させると思い直した。

「さて、武器は基本なしってコンセプトだったけど、まったくなしってのもなぁ」

「剣はダメなのでありますか？」

「短剣くらいは装備してもらった方が、私は安心なんですけどね」

レーヴァとマリアが短剣を提案してきたが……

「……クナイを作ろうかな」

「クナイでありますか？」

「うん、多分、そのくらいで十分だと思うからね」

僕が思いついたのは、忍ばない忍びを描いた日本の漫画によく出てきたクナイだった。

耳慣れないクナイというワードに首を傾げるレーヴァ。僕は、クナイを知らない彼女にどんな武器かを説明した。

「なるほどであります。ナイフであり工具でもあり、投擲にも使えるマルチウェポンでありますか。それなら潜入工作にピッタリであります」

「じゃあ、そのクナイを入れるポケットを付けます？」

「いや、それはアイテムボックスがあるからいいよ」

マルチウェポンなんていうほど、大袈裟なものでもないんだけどね。マリアも服にポケットを付けるか聞いてくれたけど、収納はアイテムボックスで十分だ。

そうと決まれば、早速クナイを作っていこう。

素材は、それこそ竜の牙や爪ならストックが余るほどあるんだけど、今回に限ってはアダマンタイト合金に決めた。

下手に竜の素材なんて使うと、出来上がったクナイが、それだけで濃密な魔力を内包してしまう。トリアリア王国の魔法使いや斥候職がどのくらいのレベルか分からないけど、魔力感知に長《た》けた者なら、僅かな魔力の違和感を察知するかもしれない。

だから魔力を流して強化は出来るが、クナイそのものは頑丈なだけの金属で作る事にしたんだ。投擲にも使えるように数は多めに作るけど、手裏剣のように使う気はない。アダマンタイト合金のクナイを使い捨てになんて勿体ないからね。

僕がクナイなどの小道具を作り終えると、レーヴァとマリアが作っていた忍者装束も完成していた。

頭巾、鉢金《はちがね》、籠手、黒い上下の服にブーツ。

うん、ファンタジー世界初の忍者降臨だね。

41 闇属性魔法の訓練

レーヴァやマリアの助力もあり、装備の目処も立った。

だけど僕はまだ聖域にいた。

ここは聖域の北にある森の中、その木々の影に僕の姿が溶けるように消える。

「……うん、だいぶ上手くなったよ」

「ありがとう」

何とかニュクスから合格点を貰えた。

普段無表情なニュクスが珍しく嬉しそうだ。

そう、僕は彼女に闇属性魔法を習っていた。

カエデがよく使う闇属性魔法「ハイディングシャドウ」を僕も使えるようになるためだ。

ハイディングシャドウは、影に潜む魔法。

カエデは、普段から闇属性魔法を使っているので熟練度は高いが、僕が闇属性魔法を練習し始めたのは、闇の大精霊であるニュクスと知り合ってからだ。

それまでも、まったく使っていなかったわけじゃないけど、あまり使い所がなかった。

女神ノルン様が自ら創った僕の身体は、苦手な属性がなく、しかも全ての属性に適性を持つチートボディだ。

それにもかかわらず、僕が闇属性魔法を練習する機会がなかったのは、闇属性魔法が使える人が少なく、あまり知られていなかったから。

図書館でも関連書籍は少なかったように思う。

そんな僕が闇属性魔法を練習しようと思ったきっかけは、他の属性魔法を使う僕を寂しそうに見ていたニュクスだ。

無口であまり自己主張の強くないニュクスだけど、それだけに余計に悪い気がして教えを請うと、彼女は言葉少なに頷いた。その時、分かりにくいけど喜んでいたのは分かった。

そんなわけで、他の属性魔法よりもスキルレベルが低く、忙しさもあり練習もあまり出来ていなかった闇属性魔法のおさらいをニュクスにお願いしていた。

そしてニュクスが嬉しそうなのは、僕がやっと闇属性魔法に目を向けたからだ。

今まで、隠密スキルと気配を隠匿する外套で十分間に合っていたからね。闇属性魔法を使うのは、仲間内ではカエデくらいだったのが寂しかったらしい。

とはいえ、闇属性魔法に適性を持つ人間が少ないのは事実だから仕方ないけどね。

「……タクミの子供なら使えるはず」

「えっ、心を読まないでよ、ニュクス」

僕が頭の中で考えていた事にぼそっと答えるニュクス。偶然だよね……本当に頭の中で考えている事が分かるなんて言わないよね。

それよりも三人の子供達には闇属性の適性なんてなかったはずだ。

「……大丈夫。私の加護を与えたから」

「って、また……じゃなくて、加護で闇属性の適性を得られるの？」

「……大精霊だから特別」

「いや、そんな大盤振る舞いしないでよ」

「……タクミの子供達だから問題ない」

「はぁ……」

ニュクスはその後、エトワールと春香に闇属性魔法を教えてくると言って、溶けるようにその場から消えた。

フローラにも適性は与えたみたいだけど、他の二人はともかくフローラは魔法よりも体を動かす方が好きだからどうかな。それに加えて獣人族という事もあって、魔法には苦手意識を持っている。特に放出系の魔法はダメみたいだ。

ニュクスが行ってしまったので、僕は一人で闇属性魔法の自習をする。

影の中に潜って潜むハイディングシャドウの他にも、今回は使う事はないだろうけど、バインド系の魔法も練習はしておく。

闇属性の魔法には、拘束したり眠らせたりと、潜入作戦に使える魔法が揃っているからね。

ここにセレネーの光属性魔法と組み合わせて、幻影魔法も習得すれば、さらに潜入や諜報に役立つな。

そこに僕の様子を見に来たのか、カエデが現れた。

「マスター！　上手くなった？」

「まぁ、カエデには遠く及ばないけど、今回の作戦に使える程度にはね」

カエデと話していると、消えたはずのニュクスが急に現れ、次の魔法の練習を始めるよう促す。

「……じゃあ、次はシャドウダイブ」

「えっと、まだ終わってないんだね」

シャドウダイブとは、文字通り影の中に潜り込み、他の影まで移動する高難度魔法だ。長距離の移動は無理だけど、影の中に潜ったままでいる事が出来るので、潜入作戦にはうってつけの魔法ではある。

「……勿論、潜入に役立つ魔法から攻撃魔法まで、覚えてもらう」

「えっと、今じゃなきゃダメ？」

「……ダメ」

「カ、カエデ……」

ニュクスの訓練がまだまだ続きそうだと知り、助けを求めるようにカエデを見るも、既にカエデの姿は何処にもなかった。

「……流石カエデ。闇属性魔法を使い熟してる。タクミもこのくらいは出来るようにならなきゃダメ」

「ですよね」

この日の闇属性魔法の訓練は、暗くなり見かねたドリュアスが止めてくれるまで続けられた。

「……じゃ、また明日」

「ウゲッ」

シュタッと手を上げて消えるニュクスの残した言葉に呆然とする。

明日も訓練は続けられるみたいだ。

42 トリアリア王国潜入

ニュクスによる闇属性魔法集中訓練の後、装備も完成したので、早速トリアリア王国へと潜入する事にした。

闇属性魔法を十分訓練したし、奴隷を解放するのも上手くいくだろう。

今回、前にシドニアの皇都でエルフを救出した時のように、光属性魔法で解呪する事は出来ない。それをすると、奴隷に隷属魔法をかけた術者に呪詛《じゅそ》がはね返って気付かれる。前回のような短期戦なら問題ないが、今回のように長期間の作戦には向かない。

しかも、今回、僕の転移魔法をおおっぴらに使えないので、少数を保護しながらウェッジフォートや旧シドニアに建設された三ヶ国の拠点へと運ばないといけない。

とても面倒な作戦になっていた。

「転移を使えれば楽だったんだけどなぁ」

「マスター、王様達に転移を知られたら面倒な事になるって、自分で言ってたよ？」

「分かってるよ、カエデ。ただの愚痴だから聞き流してくれるかな」

「分かった」

僕とカエデは、トリアリア王国の未開地側の国境から侵入しようとしていた。

ロマリア王国側と旧シドニア神皇国側の国境は、トリアリアの警備も厳しいんだ。

未開地側は魔物への対処は必要だが、トリアリアの敵対国であるロマリアや、三ヶ国同盟が復興支援するシドニアに比べれば、兵士の数はたかが知れている。

僕とカエデは、忍者装備に外套姿で普通に歩いて侵入を果たした。

（マスター、装備の調子はバッチリだね）

（ああ、装備と隠密スキルのお陰で、皆んな僕達の事を認識出来ないからね）

まだ日の高い時間、カエデと念話で話しながら国境近くの街を堂々と歩く。

認識阻害と隠密スキル、それに加えて幻術も使っているので、普通の人間には見る事も感じる事も出来ない。

（マスター、この街クチャイね）

（本当だね。僕が来たばかりのボルトンもこんなだったんだよなぁ）

（ばっちいね）

（だね）

カエデが鼻を摘んで訴えた。

今でこそバーキラ王国やロマリア王国、ユグル王国では、浄化機能付き便器や浄化の魔導具が普及して、街が糞尿《ふんにょう》の臭いでクサイなんて事はない。でも、僕がこの世界に降り立ち、ボート村からボルトンに来た頃は、似たり寄ったりな感じだった。

パペックさんの話では、バーキラ王国やノムストル王国からサマンドール王国経由で、少数の浄化の魔導具や便器がトリアリア王国にも入ってきているらしい。だが、その価格は決して安くはないため、貴族の屋敷や城に設置するのが精一杯なのだそうだ。

しばらく歩いていると未開地近くの辺境の街にもかかわらず、豪華な建物を見つけた。それは神光教の教会だった。

バーキラ王国やロマリア王国では信徒の数を減らし続けている神光教だけど、トリアリア王国やサマンドール王国ではまだ一定の勢力を持っているようだな。

未開地側の辺境だからだろうか、街には活気がないように感じた。街を歩く人の表情は明るくない。

一つの街だけを見て、トリアリア王国全てを知る事は出来ないけど、それでもこの国というものが何となく理解出来た。

街を歩き回り、住居などの建物に侵入して街の人達の会話を聞き、情報収集した結果、ここ数年でトリアリア王国全土で税金が非常に重くなっていると分かった。

理由は簡単だ。

度重なる敗戦と、この前の旧シドニアを発端とした黒い魔物の被害。それを復興し、軍事力を再編するために国民に重税を課しているんだ。

そのお陰で、一般の平民は奴隷を売り払い、街の奴隷は裕福な豪商や貴族のもとに集中していた。どうりで途中の村に奴隷の姿が見あたらなかったはずだ。トリアリアでは農村でも重労働は奴隷の仕事だと聞いていたからね。

これは僕にとっては良い面と悪い面がある。

良い面は、ある程度奴隷の居場所が纏まっているので、助ける手間が省ける。

悪い面は、一度に多くの人数の奴隷が神隠しにあったように消えると、それだけで騒ぎになりやすい。

とはいえ、ここは未開地近くの辺境の街、一箇所にいる奴隷の人数もそれほど多くない。騒がれる前にトンズラするしかないな。

とりあえず手始めに、奴隷の居場所と人数を調べる事にする。

(カエデ、手分けして奴隷の居場所を確認しよう)

(分かった。全員助けるの?)

(シルフが教えてくれるんだろ?)

（フフッ、頼んだ手前、私も少しは働かないとね）

僕とカエデが念話で会話していると、シルフが現れて言った。

シルフが今回の奴隷解放の言い出しっぺだから、救出する奴隷の選別は彼女がするようだ。

（基本的に犯罪奴隷は連れていかないわ）

（エルフに犯罪奴隷はいないの？）

（エルフは百パーセント攫われた違法奴隷だもの。基本ユグル王国に帰してあげるわ）

（それはそうか）

奴隷を救出すると言っても、犯罪奴隷まで助けるつもりはない。ただ、飢《う》えて生きるためにやむなく盗みを働いた者をどうするかは、シルフに任せてある。大精霊ならその辺りの微妙な線引きも可能だから。

飢えた子供が食べ物を盗み、奴隷になるのは、ここトリアリアでは人族に限るんだけどね。

この国では、人族以外の種族は、百パーセント奴隷と決まっているのだから。

43　練習した甲斐があった

日も暮れ始めた頃、僕とカエデは街の大きな建物の屋根の上にいた。

（マスター、この家の中に五人いるね）

（そうだな。貴族の屋敷にしては少ないと思うんだけど、その辺はどうなんだろう）

（今の辺境ならこんなものよ。この国の奴隷階級は扱いが悪いから）

建物内にいる奴隷の人数についてカエデと話していると、その理由をシルフが教えてくれた。

それと救出対象の奴隷が五人だというだけで、この屋敷には人族の犯罪奴隷が数人いるらしい。

ただ、シルフが救出するに値しないと言っているところをみると、ろくでもない奴らなんだろう。

シルフの言う奴隷階級とは、トリアリア王国において、生まれながらに奴隷としての身分しか与えられない獣人族の事だ。

この国では、人族ではないというだけで市民権を与えられない。腹立たしい事に、奴隷、つまり人族以外は物扱いなんだ。

（この街にはエルフの奴隷はいないみたいだね）

（辺境だものね。貴族でもエルフの奴隷を持てるのは中央の高位貴族くらいじゃないの）

シルフが言った。

この街の奴隷は、獣人族と人族みたいだ。

人族で奴隷となっているのは、犯罪奴隷と借金奴隷の二種類。このうち犯罪奴隷は解放される事はないが、借金奴隷はバーキラ王国やロマリア王国と同じく、一定の年数働けば解放されるはず。

だけど、実際は少し違うようだ。

この数年、国民に課せられる税金は重くなる一方で、人頭税が払えずに奴隷堕ちする人は増えている。バーキラ王国やロマリア王国なら、奴隷の権利もしっかりと確立されているので奴隷の衣食住を用意する義務が法律で決められている。しかしトリアリアでは違う。この国では、借金奴隷を殺しても罪に問われない。酷い扱いを受けているみたいだ。

それでも獣人族の奴隷に比べればマシらしいんだけど……

（もしかして、今のトリアリア王国って、奴隷も中央に集められてるのか？）

（正解よ、タクミ。地方じゃ、使い捨てに近い農奴も維持するのが難しいみたいよ）

さっき感じていた人数の少なさの理由が分かったけど、それでも手間が省けたとは言えないな。

途中で見つけた農村に、農奴の一人もいなかった事にも違和感があったんだけど、何の事はない、ここ数年の重税のせいで転売されているだけの話みたいだ。

僕とカエデが闇に溶けるように姿を消し、そのまま影に潜り屋敷の中へと侵入する。

（……酷い環境だな）

人族の犯罪奴隷は、いわゆる戦奴と呼ばれる扱いらしく、収容されている部屋は別のようだ。

その扱いも、犯罪奴隷であるにもかかわらず、獣人族の奴隷よりも良いように感じるのは勘違いじゃないだろう。これが人族至上主義の歪さだ。

獣人族の奴隷は家族なのか、大人の男女が一人ずつと子供が三人だった。

嫌な想像だけど、家畜のように繁殖でもさせているつもりなのだろう。小さな子供は、まだ幼児であるにもかかわらず、既に奴隷紋が刻まれていた。

狭い部屋に押し込められた獣人族の奴隷達は、僕とカエデが部屋に侵入しても眠ったまま起きる気配はない。

聴覚や嗅覚などの五感が優れている獣人族が、僕とカエデに気が付かないのは、魔法や隠密スキルだけが原因じゃない。

屋敷に侵入するに際して、僕は事前に屋敷全体に眠りの魔法をかけていた。

よほど魔法抵抗の高い者ならレジストするかもしれないけど、幸いこの屋敷にはいなかったようだ。

(マスター、ばっちいよ)

(分かってる。「浄化」)

ベッドや寝台すらない狭い部屋で、寄り添うように眠る獣人族の衛生状態は悪く、しかも痩せ細っていた。

カエデがその臭いに顔をしかめる。

僕が獣人族の奴隷達に浄化魔法をかけると、ボロボロの衣服はそのままだが、汚れや臭いはキレイになった。

近づいて一人一人奴隷契約を解呪していく。

(改めて闇属性魔法を練習しといてよかったよ)

光属性魔法で解呪すると、奴隷契約の術者に感づかれてしまうので、今回は闇属性魔法が必要だったんだ。

五人の解呪を終わらせるとシルフが姿を見せ、言う。

(五人とも問題はないわね)

（それは侵入する前に言うべき事だよね）

（一応念のため確認しただけよ。屋敷の外からでも問題ないと思ってたんだから）

（……そういう事にしておくよ）

さてこれから脱出するんだけど、その前に少しだけ小細工しておく。眠らせた奴隷以外の屋敷の人間に、闇属性魔法で最初から奴隷はいなかったというように認識を刷り込むのだ。当然、その効果は永続的じゃないけど、騒ぎになるのを遅らせる事が出来る。

一仕事を終えると、僕はそのまま五人を連れて短距離転移で街から脱出する。

このくらいなら転移を使った事に誰も気付かないしね。

その場に馬車を取り出してツバキに五人を頼むと、僕とカエデは街へととんぼ返りする。

シルフの話では、獣人族の奴隷でも、救出するに値しない人が何人かいるらしいが、それでも街には大人と子供を合わせて五十人近い救出対象の奴隷がいる。今夜中に仕事を終わらせないとね。

はぁ、これ、思った以上に大変だな。安請け合いして失敗したかな。

44　何も仕事は救出だけじゃない

「イルマ殿、ここに二階建ての住居をとりあえず二十軒お願いします」

「は、ははっ、分かりました」

辺境の街で仕事を終えた僕は、トリアリア王国での奴隷解放を一旦休んで、バーキラ王国から派遣された文官の指示に従い、同盟三ヶ国の復興作業が進む旧シドニア神皇国で、せっせと新しく家と農地を作っていた。

未開地側から村や街を回り、獣人族の奴隷を中心に、時には不当な扱いを受けていた人族の奴隷も救出していたんだけど、彼らの自立支援も並行して行ってほしいと、サイモン様達から頼まれたんだ。

ただ、旧シドニアはトリアリア王国と同じ人族至上主義の国だった。だから復興中の旧シドニアの人達が暮らす街や村に解放された奴隷をそのまま連れてくると、要らぬトラブルになる可能性が高い。だからこうして一から解放奴隷の獣人族用の居住地を建設しているんだ。

元々、シルフが言い出し、僕がそれに応える形で三ヶ国に働きかけた事もあり、やりませんなんて言えないからね。


文官の指示に従って一通り住居や畑、水路や溜池、井戸に下水路と浄化槽などを作り終える。

勿論、救出する予定の人達全員の分など一度に出来るわけはないので、それは救出しながら追い追いかな。

「ふぅ、こんなものかな」

「ご苦労様です。とりあえず、これでしばらくは大丈夫でしょう」

文官に労われて、今日の作業は終了したんだけど、ふと気になり聞いてみる。

「救出した人達はどうですか？」

「はい……生まれながらの奴隷だった人達ですから、急に解放されて戸惑い困惑していましたが、教会のサポートもあり、何とか落ち着いてきたところです」

「やっぱり、連れ出してそれで終わりってわけにはいきませんよね」

「そうですね。創世教の方達のサポートには頭が下がる思いですよ」

人族やエルフの奴隷は別だけど、トリアリア王国では獣人族は奴隷種族という扱いだ。だからトリアリア王国に現在いる獣人族は、他国から奴隷狩りで拐われた人達を除いて、基本的に生まれながらに奴隷なんだ。

そんな人達は、当然ながら他国での獣人族の扱いを知らないし、自由を求める事もなかった。

誘拐に近いかたちで連れ出され、突然奴隷から解放されてもどうしていいのか分からないのは当たり前だと思う。

そこで魔法による治癒やカウンセリングなどのサポートをしてくれているのが創世教の神官さん達なんだ。

勿論、三ヶ国からも人員が派遣されているけど、こんな時に獣人族の気持ちに寄り添って力になってくれる神官さん達に感謝だ。

僕が奴隷契約魔法を解呪する時は、シルフに言われて鎮静の魔法を一緒にかけているので、パニックになって手がつけられないって事がないのが幸いである。

何回でも言うが、闇属性魔法を練習し直してよかったよ。

闇属性魔法には、奴隷契約に代表される隷属魔法やシャドウランスなどの攻撃魔法の他に、影に潜むシャドウダイブや、眠りに誘ったり精神に影響を与えたり、バラエティーに富んだ魔法がある。

その少々トリッキーなクセのある魔法の数々と、属性に適性を持つ人の少なさ故、マイナーな属性として研究が進んでいない。ニュクスが面白くないと思うわけだ。世間では、希少と言える闇属性を持つ者でも、ほとんどの人は奴隷商会に雇われ隷属魔法を使うくらいしかしないのだ。

今回、突然の自由にどうしていいのか分からずパニックになる元奴隷の人達に対しては、闇属性魔法の鎮静化が絶大な効果を発揮している。勿論、神官さん達の光属性魔法でも精神を落ち着かせるという似たような効果を持つ魔法があるので助かっているが、精神に直接作用するという点については、闇属性魔法に軍配が上がるみたいだ。

そんなわけで、僕は魔法で救出した人達を鎮静化させ、彼らの住居を建て、自立出来るように畑を作り、そしてまたトリアリアへと救出に向かう。

「マスター、お家に帰ろう。仕事し過ぎだよ」

「そうだよね。一度帰ろうか」

僕はカエデの言葉に頷いた。

疲れて面倒になって、現場に泊まる事もあるが、基本的には毎日聖域の家には帰っている。だけど、夜遅くになる事が多いから、最近エトワールや春香、フローラとスキンシップを取る時間がないんだ。

今日の作業はお昼過ぎで終わった。

奴隷の解放は、時間との戦いってわけじゃないからね。

まぁ、早い事に越した事はないけど、僕も娘達と触れ合う時間がないとストレスで頭バーンってなりそうだ。

「じゃ、帰ろうか」

「うん、マスター」

僕は文官に声をかけ、聖域へと帰る。

人の目があるので、一旦ウラノスを取り出し、未開地の方向へと飛び立つ。

次の日、文官さんと神官さん達に叱られた。あの後、空を飛ぶウラノスを見て元奴隷の人達が怯えてしまい、落ち着かせるのに大変だったらしい。

45 聖域でも受け入れ準備

旧シドニアの復興地から聖域への途中までウラノスで飛び、人目のつかない適当な場所から転移で家へと帰る。

屋敷の玄関前に転移した僕が、ドアを開けようとノブに手を伸ばした時、僕は慌てて後ろに下がる。

バーン！

「パパァーー！　おかえりーー！」

娘のフローラがドアを勢いよく開けて飛びついてきた。

「っと、ただいま」

フローラを柔らかく受け止め、抱き上げる。

「ムフフフッー、パパー、いい匂いーー！」

フローラがスリスリと顔を僕に擦り付ける。まるでマーキングでもしているようだ。

まぁ、本人が嬉しそうだし、娘に懐かれて嫌な父親なんていないから、僕も嬉しいんだけどね。

「アッ！　フローラ、ズルイ！」

「はるかもーー！」

大きく開けられたドアからエトワールと春香が、フローラを追いかけてきたようだ。

「ただいま」

「パパ！　おかえりなさい！」

「おかえりーー！」

「うぉっと！」

エトワールと春香が出迎えてくれた。

フローラに対抗するように、エトワールと春香もコアラのように太腿へしがみついた。

「……歩きにくいんだけど……まぁ、いいか」

フローラを片手に抱いて、エトワールと春香を両足にしがみつかせたまま家へと入る。

普通の人なら大変な状況だけど、流石に僕のステータスなら平気だからね。

家に入ると直ぐにメイドのメリーベルとマーベルが迎えてくれる。

「「お帰りなさいませ」」

「ただいま。メリーベル、マーベル。何か変わった事はあった？」

「いいえ、特にございません。いつも通りのイルマ家でございます」

「エトワール様、春香様、フローラ様も、新しい弟妹が出来るからでしょう。毎日のお勉強も熱心になさってますよ」

「へぇ、偉いね」

僕が娘達を褒めるとキャッキャとはしゃいで、エトワールと春香は僕に登り始めた。

「とうちゃーく！」

「これでフローラと同じ！」

僕はそのまま、幼児三人を抱えてリビングへと向かう。

家には妊婦や幼児がいるので、家の前に転移した時点で全身浄化済みだ。

「タクミ様、出迎えずに申し訳ありません」

「お帰りなさい、タクミ様」

「お帰りなさい、旦那様」

「ただいま。そのまま、座ってて」

リビングではソフィア、マリア、マーニがお茶を飲んで寛いでいた。

まだ妊娠初期だから、三人とも出来るだけ安静にしてもらっている。

お隣には優れた治癒術師で聖女と呼ばれるミーミル王女がいる。聖域の教会にも回復魔法を使える神官さん、それにアカネと光の大精霊セレネーもいるから万が一の事もないんだろうけど、それでも心配になるのは仕方ないよね。

「晩ごはんはもう少し後だよね」

「はい。先にお風呂でゆっくりされてはどうですか？」

メリーベルからお風呂を勧められた。

「そうだね。そうしようかな」

「フローラもパパとお風呂入るー！」

「エトワールも！」

「わたしも！　わたしも！」

まだ僕にコアラ状態のフローラ、エトワール、春香が僕と一緒にお風呂に入りたいとキャッキャと騒ぐ。

「よし！　じゃあ一緒に入ろうか」

「「「わーい！」」」

娘達は女の子だから、いつまで一緒にお風呂に入ってくれるかと考えると、それだけで寂しくなる。まだもっと先の話なのにね。って、これ前も同じ事を考えたよね……

でも子供の成長なんて、あっという間なんだろうな。

「よっこいしょ」

「私達もご一緒しましょうか」

「タクミ様だけじゃ大変ですもん」

「そうですね」

お茶を飲んでいたソフィア達も一緒にお風呂に入ると言い出した。

「では、ご用意いたしますね」

「わーい！　皆んな一緒だぁー！」

フローラが足だけで僕にしがみついたまま、両手を上げてバンザイして喜んだ。

僕とソフィアとマリアの三人だった頃は、当たり前のように三人でお風呂に入っていたな。でも子供達が生まれてからは、僕が娘達をお風呂に入れる事はあっても、皆んなでお風呂に入る事は数えるほどだった。

僕も皆んなも忙しかったからね。


脱衣所に着くと、僕から飛び降りたフローラやエトワール、春香がスポポポポーンと服を脱ぎ捨ててお風呂場に突撃していく。

「走ってはダメですよ！」

メリーベルやマーベルが子供達が脱ぎ散らかした服を拾いながら叱るが、聞いてないだろうな。

僕とソフィア達も服を脱いで娘達の後に続く。

でも僕もこの環境に慣れたものだな。

お風呂場にメイドがいても気にならなくなっちゃった。

貴族や王族じゃないけど、世話を受けないとメリーベル達が悲しむんだよね。

46　そりゃ気付くよね

トリアリア王国の王都にて——

見かけだけは立派だが、街には澱んだ空気が漂っていた。

それは重い税金に苦しむ平民の嘆きか。

その平民にすら虐《しいた》げられている獣人族の怨嗟《えんさ》か。

ここトリアリア王国の王都の中心部にそびえる王城の中で、国王マーキラスは奇妙な報告を受けていた。

「国から奴隷が消えているだと？」

「はっ、獣人族の奴隷が消えているようです。ただ、全ての獣人族の奴隷が消えているわけではないようですが」

　華美な鎧に身を包み、マーキラスにそう報告しているのは、軍務卿のバラカン。トリアリア王国の軍のトップだ。

「どういう事だ。疫病《えきびょう》でも流行《はや》っているのか？」

「いえ、そういうわけではなく、文字通り消えているらしいのです」

「消える？　獣人族の奴隷が多少消えたとて、所詮は使い捨ての奴隷であろう。何も問題はあるまい」

「それがそうとも言っておれん状況なのです。もともと戦奴は未開地での三ヶ国との戦争と、シドニアから溢れ出た黒い魔物を抑え込むために、多くの死者を出しました。そういう理由もあり、ただでさえ労働力不足のところに原因不明の奴隷消失です。我が国の食料生産にも影響が出かねません」

　トリアリア王国は、徹底した人族至上主義に凝り固まった国家体制をとっている。当然のように獣人族の奴隷には過酷な仕事が押し付けられる。トリアリア王国内に鉱山がなかったのは、獣人族の奴隷達にとっては幸運だっただろう。何故なら、この世界の鉱山に送られる奴隷とは、死刑と同意の過酷なものだからだ。

　とはいえそんな状況が続くのは、トリアリア王国くらいのもので、バーキラ王国やロマリア王国も近年では鉱夫の環境は改善されている。

　ドワーフ族の国、ノムストル王国から鉱山採掘の技術やノウハウを得たバーキラ王国とロマリア王国が、労働環境を改善したからだ。

　ただ、重労働で危険も多い職場なのは変わらない。故にバーキラ王国やロマリア王国でも犯罪奴隷が労働力として使われている。

いずれにせよトリアリア王国において、獣人族は最底辺の労働力として使い潰せる、なくてはならない便利な存在だった。

「……で、何処の国の仕業だ？」

マーキラスが敵対する国の仕業だと決めつけてバラカンに聞くが、バラカンは首を横に振る。

「分かりません」

「分からない？」

「はい。国境を越えた形跡はありませんし、獣人族が消えた街や村で不審な者を見かけたという報告もありません」

タクミとカエデが万全の装備を整え、しかもカンストした隠密スキルと闇属性魔法を駆使して侵入するのだ。今のトリアリア王国内で、この二人の気配を感じ取れる者はいない。

「……うん？　少しおかしくないか？　奴隷が消えたのは事実なのだろう。隷属魔法を使った術師に変化はなかったのか？」

「それが何の影響もないようです」

「どういう事だ……」

奴隷は隷属魔法で縛られている。それを解呪するには闇属性魔法か、もしくは光属性魔法を使う必要がある。

ただ、光属性魔法での解呪では、隷属魔法をかけた闇属性魔法使いに呪いがはね返る。影響がないという事は、闇属性魔法での解呪という事だ。

「国内の闇属性に適性を持つ魔法使いを全員調べよ」

「はっ、既に取り掛かっていますが、それでもどうやって奴隷共を消したのか、その方法が皆目見当もつきません」

これも闇属性魔法がマイナーな属性魔法で、一般的に奴隷契約にしか使われていない事が、マーキラスとバラカンの思考を惑わせる。

闇属性魔法使いは希少な事もあり、奴隷商会での隷属魔法使用や隷属の首輪製作で食べるに困らない。それ故にトリアリア王国に限らず、闇属性魔法と言えば、奴隷契約における隷属魔法しか使えない魔法使いがほとんどで、それ以外の魔法を知る者はいないのが現状だった。辛うじて体の自由を奪うバインド系の魔法が知られる程度だ。

タクミがニュクスから教えられた、隠密行動に最適な魔法や移動魔法の存在にたどり着く事はないだろう。

「何としても原因を突き止めろ。このままでは戦争どころではなくなりかねん」

「はっ、お任せください」

マーキラスに命じられ、バラカンが頭を下げる。その顔は自信あり気だ。

バラカンは囮《おとり》を仕立て罠《わな》を張れば、必ず犯人を捕縛出来ると確信していた。彼は数日後、その考えがどれだけ甘いものなのか、思い知る事になる。

47　混乱するトリアリア

トリアリア王国の虐げられている獣人族奴隷を解放し始めてだいぶ経つと、流石にトリアリアもバカじゃないので、警戒が厳しくなってきた。

最初の頃は、助け出す獣人族奴隷に転移を見せるのは嫌だったので、闇属性魔法や光属性魔法の幻術などで救出していたんだけど、後半は眠らせてから転移して運び出す方法へと変わっていった。

闇属性魔法による誤魔化しも、奴隷がいなくなった事に気付くのを遅らせるだけなので、これは想定内だ。


いつものようにトリアリアの街に入った瞬間、念話でカエデが違和感を訴えた。

(マスター、何か変だよ)

(ああ、獣人族らしい気配が一箇所からしか感じない。それはまだいいけど、その周りにかなり多くの人の気配があるね)

(罠かな？)

(だろうね)

ただ単に人を配して警戒するのではなく、囮を使って罠を仕掛けてきたみたいだ。

（まぁ、その程度で僕とカエデを止める事は難しいんだけどね）

（マスター、建物の周辺の見張りを眠らせてくるね）

（お願いカエデ。音は立てないようにね）

（ハーーイ）

カエデが音もなく僕の側から消える。

いくら装備を隠密作戦用に作り、隠密スキルと闇属性魔法を駆使しても、アラクネ特異種で高レベルのカエデに敵う者はいない。それは勿論、僕を含めてだ。


少し待つとカエデが戻ってきた。

（マスター、全員眠らせてきたよ〜）

（ご苦労様。問題はなかった？）

（うん、皆んな目立たない場所に座って寝てるから、もしも誰かに見られても酔っ払って寝てると思ってもらえるよ）

（じゃ、建物の中に移ろうか。僕も手伝うよ）

（ハーーイ）

カエデの話では、建物の周囲にはかなりの人数の兵士や諜報部っぽい奴らがいたみたい。

街の人に変装していた者も結構いたようだけど、カエデを欺《あざむ》く事は出来なかったね。

僕とカエデが建物の塀を乗り越えると、建物の敷地内にも巡回の兵士や、闇に隠れて待ち受ける者がかなりいる。

巡回の兵士がわざと目立ち、それを無力化しようとした僕達の正体を暴こうとしているのだろうけど、当然、僕とカエデの最初のターゲットは闇に紛れて隠れる奴らだ。

一人、一人と、僕とカエデが特別に調合した薬と、闇属性魔法と催眠魔法を駆使して闇に隠れる者を眠らせていく。

しかも奴らが目を覚ました時に、眠っていた事を憶えていないように幻術を仕掛けてある。表を警戒していた奴らも、ウトウトした程度だと誤認するだろう。

建物内で眠らせた者達は、カエデが魔力の糸で体勢を固定し、時間経過で糸を消して証拠隠滅する念の入れようだ。

トリアリアには混乱してもらいたいからね。


一通り周囲を綺麗にすると、夜の闇に溶け込むように消える僕とカエデ。

気配を頼りに獣人族の奴隷のもとへと移動する。

案の定、警戒は厳重だ。普段なら奴隷の部屋に見張りの兵士なんかいないはず。隷属魔法で縛られた奴隷は、主人に反抗する事が出来ないので、鍵もかからない粗末な部屋を与えられている事がほとんどなんだ。

しかし、ここは警戒する兵士に加え、鉄格子の中に奴隷が詰め込まれていた。

どう考えても罠を張るための囮なんだろう。

（カエデ、一応、奴隷の獣人族を眠らせるよ）

（了解。じゃあ、カエデは兵士を眠らせるね）

カエデが鉄格子の牢《ろう》の前に立つ兵士を眠らせると同時に、糸で倒れないよう支える。

同時に僕も幻術と催眠魔法を同時発動し獣人族の奴隷を眠らせ、兵士には目覚めた時に何が起きたか分からないようにする。

（シルフ、聞こえる？）

（仕事が早いわね。感心感心）

牢の前に立ち、眠る獣人族を確認して呼ぶと、待っていたかのように、直ぐにシルフが現れた。

（う〜ん、あの左はしの獣人族の男はスパイね。残りの子達は大丈夫よ）

（奴隷の中にも間諜を仕込んできたか。了解、ありがとうシルフ）

（じゃあ、この調子でお願いね）

そう言うとシルフはサッサと消えてしまった。

獣人族の奴隷の中に、トリアリアの間諜がいた事には驚いたけど、大精霊であるシルフの判断に間違いはないと信じている。

（じゃあ、残りの人達の解呪を済ませて脱出しよう）

（は〜い）

鉄格子の牢の鍵はそのままに、牢の中に闇属性魔法を使って入り込む。

別に短距離転移でも構わないんだけど、転移魔法よりも闇属性魔法の影移動の方が魔力の消費が少ないんだ。

とはいえ、隷属魔法を解呪した後、そこから未開地へは転移するんだけどね。

その次の日、何重にも張り巡らせた罠を嘲笑うように、囮の獣人族達を連れ去られたと報告を受けたトリアリア王マーキラスが顔を真っ赤にして怒鳴る声が王城に響いていたと、シルフが教えてくれた。

48　扱いに困る人達

囮を使った罠を物ともせず、獣人族の奴隷を解放し、救出し続ける僕とカエデ。

あの後、何度も同じように罠を仕掛けてきたトリアリア王国だけど、僕とカエデは証拠一つ残さず奴隷を助けていった。

その中で、僕はどうにも扱いに困る人達の対処に頭を悩ませる事になる。

（う～ん、手遅れの子が多いわね）

（やっぱりか……）

目の前には鉄格子が嵌められた狭い部屋が多く並び、そこにたくさんの奴隷が押し込められていた。まるで刑務所のようなその施設に収容されているのは、トリアリア王国ならではの戦奴達だった。

トリアリア王国にとって戦奴は重要な戦力だ。

貴族階級の騎士や人族の兵士、徴兵された農民も戦争へと参加するのだけど、隷属魔法で縛った獣人族の奴隷は、トリアリア王国軍の大多数を占めていた。

勿論、無理矢理隷属魔法で戦う事を強要されている者が多いのだが、戦う事を、敵を殺す事を楽しむ壊れた者も結構いるというのが現実だった。

シルフが顔をしかめて首を横に振るのも、そんな戦奴が予想していた数を超えていたからだ。

普段、農奴をしている獣人族は、戦争を経験しても人殺しを忌避する常識的な者が大半だけど、戦闘を専門とする戦奴は、戦いの中でしか生きられなくなってしまった人達が多い。

(少なくとも聖域の結界は越えられない子がほとんどね。当然、シドニアの復興地に連れていっても、トラブルの元だと思うわよ)

(……一人一人をケアする余裕もないか)

(ただでさえタクミは忙しいのに、これ以上は無理よ)

闇属性魔法に、相手の精神を誘導する魔法もあるんだけど、それは一時的なもので解決にはならない。

それに戦いの中でこそ生きる事を実感出来るようになってしまった戦奴を、受け入れる態勢も人員もいない。

（タクミ、あんまり悩まない方がいいわよ。どの種族にもろくでもない奴はいるもの。人族にも獣人族にも盗賊や山賊がいるでしょう？　それと同じよ）

（そう考えるしかないね。シルフ、選別するようで気が引けるけど、お願い出来るかな）

（任せてちょうだい。カエデ、一応拘束しちゃって）

（はーい！　シルフさま！）

狭い部屋にすし詰めにされた戦奴達が、僕やカエデに気付く事はない。

警備の兵士以外が寝静まるのを待って侵入した僕とカエデは、予めこの施設の全員を眠らせてある。

シルフの指示に従って隷属魔法を解呪していく。

まとめて転移出来るよう、カエデが糸で拘束して集めてくれる。

何百人もの戦奴が収容されている施設だが、シルフのＯＫが出た人はあまりにも少なかった。


その後、僕は助けた人達と未開地へと転移する。

そこで全員に浄化魔法をかけて汚れを落とす。

今までずっと我慢していたんだけど、彼らの置かれていた環境は劣悪で臭くて仕方なかったんだ。

獣人族の戦奴の中でも部隊長ともなれば、扱いも多少は良いみたいで、少しは小綺麗にしている。

しかし、狭い部屋に押し込められているような、末端の戦奴の衛生状態なんてこんなものだ。

未開地に朝日が昇り、気温も上がってきた頃、ロマリア王国の騎士団と合流した。

「ご苦労様です。彼らの事はお任せください」

「はい。一応、病気や怪我は治しています。あとのカウンセリングはお願いします」

「分かりました。おい、丁寧に運べよ」

ロマリアの騎士に運ばれていく戦奴だった獣人族達。

戦奴は他の奴隷だった獣人族と違い、生まれてからずっと争いの中で過ごしてきた人達だ。家と畑を与えるだけでは生きてはいけない。

農業はそんなに甘くない。

だけど、ロマリア王国やバーキラ王国にはそんな戦奴だった獣人族にも出来る仕事がある。

基本的に獣人族は身体能力が高い上、戦いを糧にしていた戦奴なので、兵士や冒険者としても即戦力として期待出来る。

人柄に関しては、大精霊のシルフが太鼓判を押してくれているのだ。あとはロマリア王国やバーキラ王国での常識や道徳を教え込めばいい。

ロマリア王国もバーキラ王国も、聖域のお陰で右肩上がりの好景気だし、未開地も新たな開発計画がいくつもある。使えるのならば、元トリアリアの戦奴でも構わないから欲しいらしい。

走り去っていくロマリアの陸戦艇を見送りながら、連れてくれれば終わりじゃないと、この奴隷解放が簡単じゃないと改めて思う。

「奴隷としての人生しか歩んでこなかったんだもの。簡単じゃないのは仕方ないわよ」

「そうだね」

そう、シルフが言うように、過酷な農作業に就《つ》いていた農奴の獣人族も、いきなり家と畑を与えられ、今日から自由だと言われても混乱するだけだった。

創世教の神官やシスターのカウンセリングがなければ、上手くいかなかっただろう。

はぁ、シルフの言い出した事が、三ヶ国を巻き込んで、とても大事になっちゃった。

「マスター、今日はもう帰ろう」

「そうだね」

カエデの言う通り、皆んなが待っている家に帰ろう。

49　溜まるストレス

何処にでも悲惨な話はあるもので、それが特に人族至上主義下での獣人族奴隷となれば、それは僕の心に重くのしかかる事も何度もあった。

シルフが僕に訴えた事で始まったトリアリア王国での奴隷解放だけど、もっと早くに出来なかったのか……本当に気分が滅入る。

僕とカエデが獣人族奴隷を解放していくうちに、当然そんな人達も目にするとは思っていた。

でも、想定しておくのと実際に目にするのとではやっぱりまったく違って、僕の心にダメージを与えた。

僕が解放した奴隷の人達は、全員が心に傷を受けていたんだけど、回復不能なくらい心が壊れていた人も多かったんだ。

体の傷は回復魔法で癒せる。心の傷も闇属性魔法を使って、ある程度は緩和出来るのだが、どうしようもなく壊れた心は治せなかった。

それでも時間をかけて少しずつ癒せないかと、僕が大急ぎで保護施設を造り、収容している。土地を提供してくれたボルトン辺境伯や創世教の神官達の協力もあって、僅かながら改善の兆候が見られる人もいるのが救いだ。


今日も真新しい保護施設を見に来ていた。

それにしてもやはり、闇属性魔法の使い手が足りない。だから僕やカエデが定期的に施設で魔法をかけて回っている。

傾向として、年齢が若いほど効果があるみたいだ。

「お疲れ様です」

「これはイルマ様。いつもご苦労様です」

この施設で働いてくれているシスターに挨拶した。

ここでは、創世教の神官やシスターがお世話をしてくれているんだけど、他にもボルトンの住民を雇って手伝ってもらっている。

だいたいがお昼の時間帯に時間の余裕がある主婦で、二時間から四時間程度、好きな時間を選んで働いていた。

この保護施設の運営資金は、三ヶ国同盟の各国からと、民間の寄付や創世教からも出ている。勿論、僕やパペック商会なんかの商会からの寄付もある。

「どうですか？」

僕が保護した人達の様子を聞くと、シスターは首を横に振った。

「自分で物事を考えられる程度まで回復しても、生きる事に希望を見出せないのか、徐々に衰弱して亡くなってしまう方もいます」

「……そうですか」

人の体は不思議でいっぱいだ。とことん絶望に打ちひしがれると、体の調子まで悪くなってしまうみたいだ。

生きるのを拒否しているんだろう。気持ちは分からなくもないが、出来れば元気に回復してこれからの人生を生きてほしいと思うのは、僕のエゴなんだろうか……

「それでも幼い子供や若い子は、ゆっくりではありますが回復していますよ」

「良かった。申し訳ありませんが、引き続きお願いします」

暴力や性的に虐待されていた子供に回復の兆候が見られると聞いて、少しだけホッとした。

勿論、トラウマになっているだろうし、これからも慎重に観察していく必要はあるだろうけどね。

「マスター、悪い奴、やっつけられないの？」

「だよね。僕も我慢するのが疑問に思う事もあるよ」

保護施設を出て、カエデと並んで歩きながら、獣人族奴隷の救出について話す。

カエデが言うように、何度も屋敷ごと更地にしたい衝動と闘っていたよ。

酷い虐待をする奴らは当然として、過酷な農作業をさせたり、人の嫌がる重労働に従事させていたりする奴らまで入れると、トリアリア王国の人族のほとんどが当て嵌まるからな。

「もう、あの国、潰した方がいいとカエデは思うよ」

「……そう簡単にはいかないよ」

何となく、このままいくと、トリアリア王国が暴発してロマリア王国か、復興途中の旧シドニアへと攻めてきそうなんだよな。

五十年前のユグル王国との戦争は、負けに等しい被害を出し、聖域の近くで行われた旧シドニア神皇国と合同での侵攻では大敗だった。

そこに旧シドニアから始まった黒い魔物の氾濫によって、トリアリア王国は大きな被害を受けたんだ。国民の不満は溜まり、貴族達も出費ばかりで戦争による略奪が出来なかっただけでなく、戦争奴隷以外の人的被害も大きかった。

三ケ国の諜報機関の調査によると、トリアリア王はこのままでは自分の地位も危ないと感じているようで、不満の目を外に向かせるために、ロマリアか旧シドニアへの出兵を考えているらしい。

三ヶ国同盟の諜報機関では、おそらく旧シドニアだろうと予測しているみたい。

急ピッチで復興している土地が隣にあり、ばたついているシドニアを狙うのは順当だろうね。

「マスター、早く帰ろう」

「そうだね」

早く帰って、可愛い娘達の笑顔で癒されよう。

50　やっと本丸

あまりストレスが溜まらないよう、時々聖域の家で娘達と触れ合いつつ、保護施設で闇属性魔法や光属性魔法での治療を手伝い、奴隷の解放を続けていた。

囮を使って僕達を捕らえようとするトリアリア王国を嘲笑うように、僕とカエデは証拠の一つも残さず獣人族奴隷を助け続ける。

そして今日、この街では一番大きな屋敷へと来ていた。

因みに、この屋敷に来るのは二度目だ。

一度目は、この屋敷で虐げられていた獣人族奴隷を解放している。

もう、最近は、トリアリア王国全土で獣人族奴隷の失踪が問題になっていて、厳しい警戒態勢をとっているようだけど、僕とカエデを止める事は出来なかった。

今まで消えるのは獣人族だけだったからか、以前来た時と比べても警戒は緩んでいるようだ。

（マスター、あんまり人がいないね）

（そうだね。エルフの奴隷が軟禁されている部屋の前に数人、あとは常識的な警備の範囲だね）

カエデが言ったように、屋敷を護る兵士や騎士の人数は特別多くなかった。

獣人族奴隷を解放するためにこの屋敷に来た時は、兵士や騎士だけじゃなく、冒険者や犯罪組織の構成員らしき奴らも動員していた。それに比べると、カエデが張り合いなさげにするのも仕方ないか。

（マスター、魔法使いも弱っちいのしかいないよ）

（みたいだね。これならスリープの魔法もレジスト出来そうにないね）

状態異常系の魔法は、相手が高い耐性を持っていたり、術の使用者より魔力量が多く魔力操作に長けた人だったりするとレジストされる場合がある。

まぁ、僕は今までレジストされた経験はないんだけど、どんな人がいるか分からないから一応警戒しておかないとね。

（心配しなくて大丈夫よ。魔法を感知出来る術師も、タクミの魔法をレジスト出来そうな奴もいないわ）

その時、いつものように、唐突にシルフが現れた。ただ、いつもと違うのは、今日はニュクスも一緒だった事だ。

（それとニュクスが来るのは珍しいね）

（……たまには手伝う）

ニュクスはそう言うと、屋敷全体に眠りの魔法を使った。

僕とカエデは慌てて屋敷の中の人間が倒れないよう駆け回る。

「もう、ニュクス、一度に眠らせるとあとが大変だから勘弁してよ」

「……大丈夫。シルフが風で受け止めるから」

「……まぁ、そうだけど」

ニュクスが言うように、僕とカエデが間に合わなかった者に関しては、シルフが風でふんわりと受け止めていた。

そのシルフが言う。

「まぁまぁ、良いじゃない。この屋敷を遠巻きに監視していた奴らも眠らせたし。これで転移魔法を使っても大丈夫なんだから」

「はぁ、分かったよ。ニュクス、ありがとうね」

「……分かれば良い」

そう言うとニュクスはその場から消える。多分、聖域へと帰ったんだろう。

「タクミ、行くわよ」

「えっ、シルフも来てくれるの？」

「相手がエルフなんだから、私がいた方が話がスムーズでしょう？　人族に不当に奴隷にされたエルフを人族のタクミが助けるのって、面倒な事が色々あるでしょ」

「……確かに。お願いするよ」

シルフに指摘され、以前シドニア神皇国の皇都で行ったエルフ奴隷救出を思い出す。

その時はソフィアもいたので、それほど面倒な事はなかったが、それでも最初は人族の僕を見る目に憎しみがあった気がする。

今なんて人族の僕とアラクネのカエデだもんね。素直に助けに来たなんて言っても信じてもらえなかったかもしれないね。

「タクミ、先に行ってるわよ」

シルフがそう言って目の前から消えた。

まぁ、今日みたいな楽な日もあっていいかと気を取り直してカエデに声をかける。

「じゃ、行こうか」

「うん！」

そのままカエデと二人、エルフの気配がする部屋へと転移した。


部屋に転移した僕達の目に飛び込んできたのは、イケメンのエルフの男性がシルフに跪《ひざまず》いて祈りを捧げている光景だった。

「っ!?　誰だ!!」

エルフの男性が、突然転移してきた僕とカエデを見て、咄嗟にシルフを庇うように前に出る。

いや、大精霊のシルフを庇う必要なんてないと思うんだけど、その行動は好感を持てるね。

「落ち着きなさい。この子はタクミ。精霊樹の守護者にして聖域の管理者よ」

「なっ⁉　人族の子供がですか、シルフ様！」

「子供って……」

エルフから見ればそうなるのかもしれないけど、子供はないと思うんだ。

「だから落ち着きなさいって言ってるでしょ。精霊樹を芽吹かせ、未開地に浄化された広大な聖域を創り上げたのはタクミよ。私を始めとする大精霊が顕現出来たのも彼のお陰なんだからね」

「………」

エルフの男性は、シルフからもたらされる情報についていけず、固まってしまった。

「さらに言うとね。タクミはノルン様の加護を持つ神使と言っても過言じゃないのよ」

「なっ⁉　ごっ、ご無礼いたしましたぁ‼」

シルフからノルン様の名前が出ると、エルフの男性はジャンピング土下座する勢いで床に頭を擦り付けて謝ってきた。

「あ、頭を上げてください。僕は気にしていませんから」

この後、エルフの男性が落ち着くまで大変だった。

51　エルフの保護

そのエルフの男性が軟禁されていた部屋は、鉄格子の付いた牢屋などではなく、貴族の屋敷に相応《ふさわ》しい豪華なものだった。

この部屋で、エルフの男性は、屋敷に暮らす肥えた豚のようなご婦人の相手をさせられていたらしい。

ただでさえエルフという種族に高いプライドを持っている男性にとって、男娼のように扱われる生活は苦痛だっただろうね。

いつものように首輪の術式を慎重に解呪してから外し、一応鎮静の魔法をかけておく。

隷属の魔法で、自殺や反抗を禁じられていたエルフの男性だが、それがなくなると高いプライドから自殺する怖れもあったからね。

まぁ、シルフやニュクスに助けられて、それでもこの場で自殺なんてしないとは思うんだけど。

気休めかもしれないが、エルフの男性に浄化魔法をかけておく。

「着替えますか？」

「……すまない」

ヒラヒラのたくさんついたシャツや派手な服を着せられていたエルフの男性に、アイテムボックスに入れてあった普通の服を渡す。すると、相当嫌だったようで、その場で着ていた服を脱ぎ捨てると僕の渡した服へと着替えた。

シルフのお墨付きもあり、僕とカエデも近くに僕らを見張っている目がないのを確かめてから、一度聖域へと転移した。

「……ここは…………」

「ここが聖域よ。瘴気のカケラもないでしょ」

「こんなに精霊がいるなんて……」

「当たり前じゃない。ここには精霊樹があるだけじゃなく、全ての大精霊が顕現しているのよ」

「祖国ユグル王国よりも多いとは……」

聖域の出島区画に転移した僕達だけど、解放したエルフの男性が呆然としていた。

精霊樹の近くはもっと精霊達で溢れているんだけどね。

「それで彼はどうするの？」

この出島区画で働く男性が、呆然としているエルフの男性を宿泊施設へと案内していく後ろ姿を見ながら、シルフに聞くと、しばらくはここで暮らさせると言う。

「ここでカウンセリング？　を受けながら過ごしてもらうわ。勿論、この区画でだけどね」

「国に家族はいないの？」

「妻も子供もいるわよ」

「えっ、いいの、直ぐに帰らなくて」

「いいのよ。家族も彼が生きているのは精霊から知らされて分かっているもの。助け出されたのも直ぐに知る事になるわ。それより、何十年も化粧くさいババアにいじられてたのよ。心を癒す時間は必要なのよ」

「な、なるほど……」

シルフの話によると、彼はあの屋敷で先代と当代と親子二代にわたって男娼扱いをされていたらしい。

「ニュクスもいるんだし、そう時間もかからないと思うわ」

「分かった。ユグル王国へは僕が送った方がいいの？」

「いいえ、ユグル王国の商隊に任せるわ。いくらタクミが聖域の関係者だと分かっても、しばらくは人族を見たくないでしょうしね」

「だろうね」

今回、解放したのはエルフの男性だったけど、勿論女性のエルフもトリアリア王国内には奴隷として囚われている。

でも前回の戦争で捕虜として囚われた人が奴隷にされたからか、男女の比率はそれほど女性に偏っているわけじゃないみたい。

それに全体の人数も獣人族の奴隷と比べると圧倒的に少ない。

エルフの奴隷を手に入れる手段が、前回の戦争以降は、ユグル王国から他国へと出た冒険者や商人などの少数のエルフを襲って捕らえるっていう乱暴なものだけだからね。

「獣人族と比べて、扱いが悪くないだけマシなのかな」

「そんなわけないじゃない！」

酷い環境で虐げられていた獣人族の奴隷と比べて僕が言うと、シルフから怒られた。

「あのね、タクミ。エルフは基本的にプライドが高い種族なの。その尊厳を踏みにじってるのよ。精神を魔法で癒してなきゃ自殺ものよ！」

「ご、ごめんよ」

確かに、エルフが奴隷として求められるその目的は、男も女も同じだ。

「早く全員解放してあげないとね」

「ええ、そこでタクミに頼みたいんだけど」

「何？」

「彼は国で家族が待ってるから、しばらくしたら帰るでしょうけど、たとえ家族が国にいたとしてもここで暮らしたいと言う子がいると思うの」

「……何となく分かる気がするよ」

「その受け入れをお願いね」

「ああ、住居の用意とサポートする人の手配をすればいいんだね」

「頼むわね」

エルフという種族は誇り高い。それは悪い事じゃない。だけどそれだけに人族の男娼や娼婦とされていた自分が、ユグル王国の同胞に受け入れられないと思うらしい。実際に同じエルフをそういう目で見る事もあるのは、ソフィアの弟君で僕も知ってはいるからね。

シルフの話では、特に女性のエルフはほとんど聖域で暮らす事になるだろうと言っていた。

また家を何軒か建てないと。

最初は一人になるのは辛いかもしれないから、共同で暮らせるような家が良いかもな。

「じゃ、次に行こうか」

「うん、行こうマスター！」

家に帰って娘達の顔を見たいのが本音だけど、少しでも早く解放しないとね。

僕はカエデと再びトリアリア王国に転移した。

52　最後の解放

あれからエルフの奴隷を何人も解放出来た。

ただ、人数はやはり少ない。

全員で五十人程度だったのは、奴隷にされてから死んだエルフも何人かいたからだと思われる。

美しいモノを壊したい性癖を持つクズは何処にでもいるんだろう。

そして当然のように最後のエルフ奴隷解放は、トリアリア王国の王城がターゲットだ。

金満商人や貴族でもなかなかエルフの奴隷を持つ事は難しいらしいが、そこは王族、王城には三人のエルフ奴隷が囚われていると分かっている。

（マスター、ここはいつもの感じじゃ無理みたいだね）

（だね。流石に王様が住む場所だけあって、強い結界が施されているらしい）

いくつもある尖塔の屋根の一つに僕とカエデは立ち、目的の尖塔を見ていた。

警備の厳重さは今までで一番だ。

当たり前か。

僕とカエデが獣人族の奴隷に始まり、エルフの奴隷まで解放しまくったんだから、罠でも張って待ち受けているんだろう。

城内には何重にも結界が施されているのが分かる。

（……心配要らない。この程度の結界、闇の精霊魔法を防げない）

さて、どうしようかと考えていると、ニュクスが現れ、珍しく自信あり気に胸を張って念話で言う。

（ニュクス、来てくれたんだ）

（私もいるわよ。ここが最後だから、派手にいくわよ）

そこにシルフも合流した。

（シルフ、派手にって、どうするの？）

（散々、私達の眷属を酷い扱いしてきたんだもの、ひと暴れするわよ）

（いや、僕達が犯人だって証拠は残せないよ）

僕が言うと、今度は違う声が聞こえる。

（分かってるわよ。暴れるのは私達だから証拠なんて残らないわ）

（タクミちゃん、お姉ちゃんに任せなさい）

（ウィンディーネにドリュアスも！）

その場に、ウィンディーネとドリュアスまで現れた。

（じゃあ、最後の作戦に挑むか）

僕は音を立てずに高く空へ飛んだ。

◆

トリアリア王国で獣人族の奴隷の多くが消える事件が頻発し、とうとうそのほとんどがいなくなるという非常事態が起こった。

どれだけ厳重に警戒しても、罠を張って待ち受けても、それを嘲笑うように獣人族の奴隷が煙のように消えた。

マーキラス王も貴族や豪商が囲うエルフの奴隷が消えた事で頭を痛めていた。犯人の特定どころか証拠すら見つけられない現状に、国内に不満が燻《くすぶ》り始めている。

いや、不満は以前からあった。

ここ最近、トリアリア王国はいいところがない。

五十年ほど前のユグル王国との戦争では、大きな戦果を得られなかった。近年ではシドニア神皇国と同盟し、バーキラ王国、ロマリア王国、ユグル王国の三ヶ国同盟と未開地で戦って惨敗、トドメに旧シドニア方面から溢れ出た黒い魔物の被害だ。国内が不安定になるのも仕方ないだろう。

「で、残るはこの城の三人だけというわけか」

「申し訳ございません」

軍務卿のバラカンがマーキラス王に謝罪する。だが、マーキラス王もバラカンだけが悪いとは思っていない。

獣人族の奴隷が消え始めてから、様々な罠を張ったり人員を大量に配置したりしたにもかかわらず、証拠の一つも得られていないのだ。

こうなると、本当に神隠しだと思い始めている者もいるほどだ。

「ただ、ご安心ください。この王城は厳重な結界が施されております。宮廷魔法師団も警戒にあたっています」

「エルフ三人残ったとて……」

マーキラス王が溜息を吐く。

そう、国への影響としては、エルフの奴隷などより、獣人族の奴隷が消えた事の方が遥かに大きい。

まずエルフの奴隷と獣人族の奴隷では、その人数が違う。

今まで過酷な仕事を押し付けていた獣人族がいなくなった事で、その仕事を自分達でしなければならなくなっている。それによる国民の不満が抜き差しならぬ域に達するまで、それほど掛からないだろう。

ならば戦争でガス抜きするかというと、その戦争に肉の盾として使っていた獣人族の戦奴が消えたのだ。犯罪奴隷も使っているが、カバー出来るほどではない。

「サマンドールから獣人族奴隷を買う話はどうなった？」

「難しいでしょうな。サマンドールから購入する奴隷は、我らが奴隷狩りで確保した奴隷のように、使い捨てに出来ませんからな」

「愚かな事よな。ケモノの奴隷に権利など必要ないものを」

農作業などをさせる奴隷ならサマンドール王国から買えるだろうが、それを戦争で肉の盾に使うなど、購入時の契約上出来ないのだ。

以前なら奴隷狩りをする犯罪組織からの購入も盛んだったものの、今では何故かその犯罪組織自体が壊滅状態で、奴隷狩りどころではないらしい。

「サマンドール辺りへ狩りに行かせるか」

「それはおやめになった方が……三ヶ国に介入する口実を与えてしまいます」

「流石に我が国一国で三ヶ国同盟を相手にするのは無謀か」

「はっ、旧シドニアに展開する三ヶ国の騎士団を見ますと、数が同数でも難しいかと……」

旧シドニアの復興において、三ヶ国の騎士団が治安維持と復興作業にあたっているのだが、そこに複数の陸戦艇が運用されているのを掴んでいた。

それだけではなく、騎士や魔法使いのレベルもトリアリア王国と比べ、はるかに高いとの報告もある。

マーキラス王は袋小路に追い詰められ、打開策を見出す事が出来ないでいた。

53　大精霊の助け

目的の尖塔の屋根の上、僕が一歩足を踏み出そうとすると、ニュクスがそれを手で止める。

（……ここは私に任せて）

（この結界をニュクスが破ってくれるのかい？）

（……破るんじゃない。通り抜けるだけ）

（通り抜ける？）

珍しくニュクスがやる気を見せている。

僕は出来るだけ証拠を残さないよう、結界に穴を空けて侵入し、その後ふさごうと思っていたんだけど、ニュクスなら結界なんか関係なしに、通り抜ける事が可能らしい。

（タクミ、この手の事はニュクスが得意だから任せなさい）

（そうね～、頑丈な結界を張るのならセレネーやシルフでしょうけど、結界をすり抜けたり無効化したりするのはニュクスが一番得意なのよ～。ああ、お姉ちゃんが出来ないってわけじゃないのよ～）

ウィンディーネとドリュアスもニュクスに任せれば大丈夫だと言う。

（それにタクミが結界を弄《いじ》ると僅かにでも痕跡が残る可能性があるけど、精霊魔法使いがいないこの国なら、私達の力を感じられる術師なんて皆無なの）

僕はシルフの言葉に頷いた。

（そうだね。ニュクス、お願いするよ）

（……ん、任せて）

この国に精霊魔法使いは存在しない。何故ならエルフの奴隷は、隷属魔法で魔法が使えないように縛られているから。

大規模な精霊魔法なら、その力の残滓《ざんし》に気が付く魔法使いもいるかもしれないが、ただでさえ発動を読み取り難い精霊魔法を、大精霊が分からないように細工して行使するんだ。気付ける人なんていないだろう。

ニュクスから闇が広がり、僕とカエデを覆っていく。

闇が晴れた時、尖塔の屋根に立っていた僕とカエデの姿はそこにはなかった。

◆

その塔の内部は豪華な内装だった。

調度品も贅《ぜい》をつくした一級品ばかりが飾られている。

ベッドだけが置かれた小さめの部屋と、三つのベッドが並べられた部屋。トイレと風呂が設置され、この尖塔の最上階だけで生活出来るようになっていた。

ここまで世間と隔離された場所に奴隷を住まわせるのには、トリアリア王国人の他種族への差別意識が根強い事が関係していた。

種族として絶世の美男美女であるエルフを愛玩奴隷としている貴族や豪商だが、それでも他種族が衆人の目に触れるのを嫌うのだ。

「フラン先輩、この頃、城内の空気がおかしいと思いませんか？」

「……そうね。確かに何かあったのかもしれないわね」

フランと呼ばれたエルフの女性は元々騎士団に所属していたが、ソフィアと同じように五十年前の戦争で捕虜となり、不運にもトリアリア王国で王族の奴隷となっていた。

そしてフランを先輩と呼んでいたエルフの女性はアネモネ。彼女も元騎士で、戦争で虜囚として囚われた一人だ。

「このところ王族の顔も見ません」

「リリィもそう思う？」

「はい」

リリィと呼ばれた最後のエルフの女性は、元冒険者。奴隷狩りに襲われ、囚われた犠牲者だった。

リリィは、フランとアネモネとは違い、ここに来てまだ十年ほどだ。

外界と隔絶されたこの場所で囚われている三人は知らないだろうが、近年は奴隷狩りも難しくなっていて、トリアリア王国は新しいエルフの奴隷を入手出来ていない。

これはバーキラ王国、ロマリア王国、ユグル王国の騎士団が訓練と治安維持の一環として国内の盗賊や犯罪組織を討伐して回り、タクミ達が大陸一の犯罪組織を壊滅させたからだった。

「アイツも先代の奴も、まともに私達を抱くわけじゃなかったから、来なくなったのは私達を誰かに下げ渡すつもりなんじゃ……」

「それは最悪ね。私達は値段が高いから殺される事はないでしょうけど……」

「アネモネ様、フラン様……」

元騎士だったフランとアネモネにかける言葉を探すも、リリィには何も言えなかった。

先代と今代の二代にわたって辱《はずかし》められてきたフランとアネモネ。騎士としての誇りも踏みにじられた五十年という年月は軽くない。

励ます言葉もかけられず、俯くリリィがハッと顔を上げる。

フランとアネモネも馴染みはあるが、尋常ではない気配に反応した。

「あっ、貴女様は、高位精霊」

「アネモネ、違う！　この方はそんな次元の方ではない！」

影から突然現れたのは、いつもの黒いワンピースに身を包んだ闇の大精霊ニュクスだった。

ニュクスに続きシルフやウィンディーネ、ドリュアスも次々に現れる。

「もう、ニュクス。喋らないとこの子達が不安になるでしょう」

「……我、参上」

「違うでしょう。もう安心よ。貴女達を助けてあげる」

シルフに促され、何故か片手を天に向けておかしなセリフを吐くニュクスに、このままじゃ先に進まないとウィンディーネがエルフの女性達に告げた。

「あ、ああ！　大精霊様！」

厳重な結界のせいで、精霊の姿どころか気配すら感じなくなっていたフラン達の前に、伝説で語られる大精霊が顕現した事で、三人は軽いパニックとなった。

その後ろの方で、空気を読んで気配を消すタクミとカエデだった。

54　立つ鳥跡を濁しまくる

複数の大精霊の顕現に、三人のエルフの女性がその場に膝をつく。

もう、額を床に擦り付ける勢いだ。

流石の僕も空気くらい読める。

今は話しかけちゃいけない。

「そんなに畏まる必要はないわよ」

「そうね。先にこんな所から出ちゃいましょう」

ウィンディーネとシルフが軽く話していると……

「あ、あの、シルフ様とお見受けします。申し訳ありませんが、我ら三人は、この隷属の首輪で縛られています。さらに、この尖塔には厳重に結界が張られていますので、逃げ出すのは不可能かと思われます。どうか、我らの事は打ち捨てていただきますよう」

三人の中でリーダー格なのかな？　一人のエルフ女性が脱出するのは無理だと思っているみたいで、そのまま城の者に見つからないうちに帰るよう勧めてくる。

エルフでも大精霊の力を知らないんだね。現に、その厳重だと言っている結界にも干渉せず侵入しているんだけどね。

しばらく大人しくしていたのだが、話が進みそうにないので、仕方なく声をかける。

「ねえ、そろそろ脱出した方がいいんじゃない？」

「なっ⁉　お前は何処から侵入した！」

「フラン先輩は、私の後ろに！」

「王族でない人族がどうしてここに入れた！」

案の定、エルフの女の人三人に、鬼の形相で声を上げられ、一人は今にも飛びかかってきそうだ。

シルフとウィンディーネが三人を止める。

「静かにしなさい！」

「タクミに敵意を向けるなら、我らの眷属エルフでも容赦しないわよ」

「っ！　シルフ様！」

「ウィ、ウィンディーネ様まで⁉」

「ヒッ、も、申し訳ございません‼」

威圧したからか、三人はガタガタと震えてシルフやウィンディーネに向かって土下座状態に戻ってしまった。

「タクミはね、大陸の西に精霊樹の聖域を創り上げたの。精霊樹の守護者にして聖域の管理者よ」

「そうよ～、タクミちゃんのお陰でお姉ちゃん達は顕現出来たんだから」

「……タクミに失礼な態度は許さない」

シルフ、ドリュアス、そして珍しくニュクスまでが声に怒りを滲《にじ》ませて三人のエルフに忠告する。

僕も普段感情の起伏に乏《とぼ》しいニュクスまでが怒っているのにびっくりした。

僕が驚くくらいだから、三人のエルフの女性達は、可哀想なほどおびえて床に頭を擦り付け、赦《ゆる》しを乞う。

「三人ともその辺で、僕は平気だから」

「タクミもこう言ってるから、この辺にしとくわ。タクミ、この子達を転移で聖域に連れていってくれる？」

僕が怒っているシルフ達をなだめると、ウィンディーネが言った。

「……魔法の残滓は残さないから大丈夫」

「頼むよ、ニュクス。でも、その前に」

僕は三人に近づいて隷属の首輪にかけられた隷属魔法を慎重に解呪していく。

あくまで証拠を残さないよう闇属性魔法で術式を読み解く。

「えっ⁉　うそ！」

あまりに簡単に首輪が取れたせいで、喜ぶよりも先に驚きの声を上げるエルフの女性達。

声が大きいと注意する者はいない。

当然のようにシルフが遮音の結界を張っているからだ。

トリアリア王国での奴隷解放作戦では、僕とカエデが隠密スキルから認識阻害の魔導具、闇属性魔法での影移動まで使っていたんだけど、今回は大精霊がいるので楽をさせてもらっている。

「じゃあ、転移するけど、シルフ達も一緒に行くの？」

「私達は少し仕事が残ってるから向こうで待っててちょうだい」

「？　了解。カエデ、帰ろう」

「うん、マスター！」

シルフ達に促され、まだ怯えている彼女達を落ち着かせるのは後回しにして、とにかく聖域まで帰る事にした。

◆

タクミとカエデが三人のエルフと共に転移で消えた。

「さて、ノームいる？」

「呼んだか？」

ウィンディーネが何もない空間に声をかけると、その場にノームが現れる。

「ノームと私で少し嫌がらせするわよ。ニュクスは精霊魔法の残滓を残さないようにお願いね」

「……任せて」

「そんな事で儂を呼ばんでほしいんじゃがのう。儂は酒造りで忙しいんじゃ」

「ハイハイ、直ぐ済むわよ」

どうやらウィンディーネはトリアリア王国に嫌がらせをするつもりらしい。

ノームとニュクスを連れて尖塔から消える。

「じゃあ、お姉ちゃんもイタズラしちゃおうかな～」

「ほどほどにしなさいよ」

「分かってるわよ～」

ドリュアスもそう言って消え、最後にシルフが遮音の結界を解除していなくなった。


その数分後、トリアリア城の地面が泥の沼に変化し、さらに地響きを立てて城が傾いた。

城の門を警備していた兵が、慌てて城内へと向かおうとするも、何故か扉という扉には太い蔦《つた》が絡まり侵入を邪魔していた。

この不思議な事件は後に、トリアリア王国没落の始まり、奴隷の呪いと永く伝えられる事になる。

55　混乱、衰退に向かう

時間は深夜に差し掛かる頃、その音が城に響いた。

ゴゴゴゴゴォォォーー‼

獣人族の奴隷消失事件から始まり、希少なエルフ奴隷までが忽然《こつぜん》と消える事件が続き、とうとうトリアリア国内に存在するエルフ奴隷が、王城にいる三人だけとなった。そのため、王城は増員された兵士と張り巡らされた結界により厳重に警戒されていた。

「ヒィヤァァァァーー‼」

突然、ベッドから転げ落ちたトリアリア王マーキラス。そこに王の威厳は存在しない。

この大陸では、自然の地震災害がほとんどない故に、突然地面が揺れ傾けば、パニックになるのは仕方ないのかもしれないが。

バーンッ！

「陛下！　ご無事ですかぁ！」

何が起こったのか分からず呆然とするマーキラスのもとに、近衛騎士が駆けつけた。

「なっ、何があった！」

「はっ、ただいま兵を確認に走らせています。軍務卿も直ぐに駆けつけるでしょう」

「ただちに原因を調べるのだ！」

慌ただしく駆ける音や悲鳴、怒号が城内に響く。

「陛下！」

そこに軍務卿のバラカンが駆けつける。

「バ、バラカン、何が起こっている」

「陛下、落ち着いて聞いてください。城が、城が傾いています」

「なっ⁉　城が傾いているだと……」

まだパニック状態なのか、バラカンが言った事が理解出来ず呆然とするマーキラス。

「城の周辺が沼と化し、王城が大きく傾いてしまっています。今、死者や怪我人の確認を急いでいますが、被害は小さくはありません」

「な、何じゃと……」

これほどの建造物が大きく傾いたのだ。怪我人は当然として、死者も相当数いると想像出来る。

城が傾くなどという非常識な事態に、マーキラスはまともな指示を出せずにいた。


朝が来て明るくなると、正確な被害が分かってくる。

「それで原因は？」

「はっ……」

マーキラスが不機嫌そうにバラカンへ問うが、返ってきたのは「分からない」という到底満足出来ない答えだった。

宮廷魔術師も総出で原因の究明にあたっているが、何かの魔法による攻撃だという証拠は見つけられていない。

普通、城を傾けるなどという大規模な事象を魔法で起こすと、そこに魔法を行使した残滓があるはずだが、トリアリア王国の宮廷魔術師達は、大精霊が使う精霊魔法を感知する術《すべ》を持っていなかった。

おそらくエルフやドワーフなどの精霊を感じられる種族でも、ごく僅かな者にしか感知出来なかっただろう。

当然、極端な人族至上主義であるトリアリア王国には精霊を感じられるドワーフは存在せず、エルフも違法な手段で手に入れた奴隷しかいない。その奴隷であるエルフも、昨夜一人残らずタクミが連れ去った。

マーキラスがバラカンから城の被害について報告を受けていると、そこに騎士が新たな情報を持ってきた。

「陛下、奴隷が消えています！」

「クッ！　またかぁ！　あそこには厳重な結界を張ってあったのではないのかぁ！」

「そ、それが、結界は現在もそのまま機能しています」

「……そんなバカな」

マーキラスが信じられないという様に、首を横に振るのも仕方ないだろう。

王城にはマーキラスの安全のために厳重な結界が張られている。

その結界に干渉すれば直ぐに分かるはずだった。

しかもエルフ奴隷を閉じ込めていた尖塔は、特に侵入者に対する結界が万全だったはずなのだから。

奴隷が忽然と霞《かすみ》の如く消えたとなれば、それは同時にマーキラスの身の安全が担保されていない事を示していた。

そこに思い至ったマーキラスの顔が青くなり、ブルブルと小刻みに震え始める。

「バ、バラカン！　原因の究明を進めろ！　それと余の護衛を増やすのだ！」

「……はっ、かしこまりました」

頭を下げてマーキラス王の前から下がるバラカンだが、護衛を増やしたところで、これをなした者に王を害する気があったなら、それを阻止するのは無理だと理解していた。

国内にいた多くの獣人族奴隷消失の犯人は、バーキラ王国、ロマリア王国、ユグル王国の三ヶ国のどれかだとマーキラスは確信している。

諜報部の報告で、旧シドニア神皇国内で獣人族が増えているとの報告もある。だが、証拠は残されていないうえ、囮を使った罠を張っても駄目なのだ。もう、神隠しとしか考えられない。

敵対する三ヶ国のうちの何処かを一方的に非難し、獣人族奴隷やエルフ奴隷を取り返すための軍を動かすのも無理だ。

今のトリアリア王国には、三ヶ国の何処か一国でも相手にするのは難しいのだから。

ヒステリックに叫ぶマーキラスの声を背中に聞きながら、痛む胃を押さえつつ溜息を吐くバラカンだった。

何処で我が国は間違ったのだろうと……

56　ソフィアの元同僚

奴隷解放作戦は、一応の終わりを迎えた。

トリアリア王国では人族でも奴隷の子として生まれたなら、その子は自動的に奴隷となる悪法があるから、全てを救えたとは言い難いけど、それは僕――タクミの手の届く範囲で、少しずつやっていくしかないだろうな。

とにかく、トリアリア王国も多くの戦争用奴隷や農作業用奴隷が消えたわけなので、当分身動きが取れないと思う。

これで周辺国への侵攻は数年、いや、ひょっとすると十年くらいは気にしなくても大丈夫かもしれないな。

聖域に戻ると、わざわざソフィアが迎えに来てくれていた。

「タクミ様、お帰りなさい」

「ただいまソフィア。エトワールも迎えに来てくれたの？」

「パパーー！　おかえりー！」

ソフィアと手を繋いでいたエトワールが走り寄り、僕の腰に抱きつく。

僕はエトワールを抱き上げ、ただいまの挨拶をする。

「えっ!?　うそ！」

「へっ？　ソ、ソフィア様？」

「えっ？　どうしたんですか二人とも？」

迎えに来ていたソフィアを見た瞬間、フランさんとアネモネさんだったかな、その二人が驚いていた。確か二人は、トリアリア王国との戦争に従軍していたはずだから、ソフィアと顔見知りだったとしても不思議じゃないか。

リリィさんは、元冒険者だったからか、驚く二人についていけなくてオロオロしている。

そこでソフィアもフランさんとアネモネさんに気が付いたようだ。

「あら……フランとアネモネではないか」

直ぐに名前が出てこなかったのか、少し考えて軽い挨拶をするソフィア。

僕は彼女に尋ねる。

「ソフィア、二人と知り合い？」

「はい。騎士団時代の顔見知りです」

やっぱりそうか。

ソフィアと違ってフランさんとアネモネさんの不幸は、五体満足な状態で捕虜となって、しかもトリアリア王国で奴隷になった事だろうね。

「ママ、だれ？」

「ママのお友達ですよ」

エトワールが人見知りを発揮して、ソフィアの陰に隠れて顔だけ覗かせている。

「!!　ソ、ソフィア。ま、まさか、その子……」

「ええ、私とタクミ様の子よ」

「エェェェェーーーー!!」

何故かエトワールを見て動揺するフランさんに、ソフィアが自分の娘だと言うと、フランさんとアネモネさんが大きな声で叫んだ。

そんなに驚くほどの事かな。

「……ソフィアが結婚」

「う、嘘、ソフィア様が結婚して、子供を産んでるなんて……」

驚愕の表情を浮かべるフランさんとアネモネさんに、ソフィアが言う。

「そんなに驚かなくてもいいじゃないか」

「何を言ってるのよ！　貴女、騎士団で言い寄る男に『私に勝てたら考えてやる』なんて言って、騎士団の男どもの心をへし折ってたじゃない！」

「そおですよぉ！　ソフィア様が結婚出来たなんて……」

「久しぶりに会ったというのに、失礼な奴らだな」

どうやらソフィアが結婚出来た事がショックらしい。確かに僕と初めて会った頃のソフィアは、とてもクールな感じ……というよりも、男を拒絶している雰囲気があったかな？

まぁ、僕がソフィアの身体を治してからは、随分と変わったし、明るいマリアの存在も彼女が心を開く助けになっていたんだと思う。

「ソフィア、こんな所で立ち話もなんだし、家に来てもらったら？」

「……今日は宿泊施設で泊まってもらい、話は明日でいいのではないですか？」

ソフィアがそっけなく言うと、フランさんが口を挟む。

「ちょ、ちょっと！　ソフィアの家があるのなら、直ぐ招待しなさいよ！」

「チッ……仕方ないですね。タクミ様、ツバキと馬車をお願いします」

「了解」

ここから歩くと家まで少しかかるからね。

僕はお願いされたとおりツバキを亜空間から呼び出し、アイテムボックスから馬車を取り出す。

「「「なっ⁉」」」

フランさん、アネモネさん、リリィさんは、突然現れたツバキの巨体に驚き、さらにアイテムボックスから馬車を出した僕に驚いたようだ。顎《あご》が外れるくらい口をポカンと開けて目を見開いているね。

僕はエトワールを抱いて馬車に入る。

ソフィアに促されて馬車に乗った三人が、空間魔法で拡張された内部にもう一度呆然とするのをソフィアが面白そうに見ていた。

ツバキに家までお願いして馬車が動き出しても、三人は馬車の椅子の上で固まったままだった。


出島区画から家までだから、ツバキが引く馬車ならあっという間に着く。

「ソフィア、三人をリビングにお願い」

「分かりました」

「「「…………」」」

僕はツバキを馬車から外さないといけないので、三人を家に案内するようソフィアに頼んでいると、そこにお隣の屋敷から人が出てきた。

「あら、ソフィアさんとエトワールちゃん。お客様ですか？」

「ひ、ひ、姫さまぁーー!?」

「「エェェェェーーーーー!!」」

僕の家の前で、ユグル王国の王女ミーミル様を見たフランさん、アネモネさん、リリィさんの叫び声が響いた。

57　ガクブルな三人

場所はうちのリビング。

「姫さまがどうして……」

「ミ、ミーミル姫さまが何故……」

「あ、ワワワワワッ」

フランさん、アネモネさんはミーミル様を前に全身を硬直させてブッブッ現実逃避しているね。

ユグル王国の騎士だった二人と違い、元冒険者だったリリィさんに至っては、王族との接点なんてなかったんだろうね。言葉になってないもの。

そんな三人を横目に、ミーミル様はエトワールを膝に乗せて可愛がっていた。

「「「………」」」

ユグル王国では一騎士だったはずのソフィアの娘を溺愛《できあい》するミーミル王女に、ポカンとしているよ。

頭が追いつかないフランさん達を更なるパニックへと落とし込む存在が訪れる。

「旦那様、ルーミア様がいらっしゃいました」

「ああ、通し……」

「もう！　抜け駆けはズルイわよミーミル！」

僕が入ってもらうように言いかけた時、プリプリと怒ったルーミア様がやって来た。

「「!?　お、お、王妃様!!」」

自国の王妃の登場に、フランさん達はもう白目を剥いて卒倒しそうだ。

それはそうだよね。

フランさんとアネモネさんは、元騎士だからミーミル様やルーミア様の顔を知っているかもしれないけど、それでもこんな近くで会う機会なんてなかっただろうしね。

「あらお母さま。ウフフフッ、早い者勝ちですわ」

「ほらエトワールちゃん、お婆ちゃんの所に来なさい」

「ちょっ、ルーミア様。エトワールのお婆ちゃんは私ですよ！」

ミーミル様の隣に座ってエトワールを強引に自分の膝に乗せたルーミア様。そこにお義母さんのフリージアさんまで入ってきて我が家のリビングは騒がしくなる。

「良いのよ。いつまで経ってもミーミルが嫁ぐ気配はないし、孫の顔を見られるのがいつになるか分からないもの。なら可愛いエトワールちゃんのお婆ちゃんになるしかないじゃない」

「いえ、私が本当のお婆ちゃんなんですから、ルーミア様はもう少し遠慮してください！」

「お婆ちゃん達はうるさいですね〜。エトワールちゃんは、お姉ちゃんと遊びましょうね〜」

ルーミア様とミーミル様がエトワールを可愛がってくれるのは嬉しいんだけどねぇ。そこにフリージアさんが入ってくると収拾がつかなくなる。

今のユグル王国の王族に、エトワールくらいの小さな子供がいないのも、ルーミア様とミーミル様がエトワールに執着する原因のひとつだと思う。

まぁ、エトワールは優しいお姉さんやお婆ちゃんがいて嬉しそうだけどね。

「ソ、ソフィア」

「ん？　何だフラン」

「何だじゃない！　どうしてミーミル姫さまやルーミア王妃さまがソフィアの家のリビングにおられるのだ！」

「あら、お隣に住まわせていただいている私がいても不自然じゃないと思いますわよ。お母さまはどうかと思いますが」

話し方から察すると、フランさんはソフィアと元同僚で立場も近かったみたいだ。彼女がソフィアに詰め寄るが、それに答えたのはソフィアではなくミーミル様だった。

「お、お隣？」

「そう。ここはタクミ様が管理する地です。そこにお願いして住まわせていただいているのよ。私はね」

「もう！　ミーミルったら。そんな意地悪な言い方しないでよ。貴女の家なら私の家って言ってもいいと思うの」

「そんな理屈は通りません。早く国に帰らないとお父さまが寂しがっていますよ」

「帰りませ〜ん。私はここでエトワールちゃんの成長を見ながら暮らしますぅ〜」

「「………」」

王妃と王女の親子喧嘩に呆然とするフランさん達三人。うん、思考が追いつかないよね。

そこで僕は少し助け舟を出す事にした。

「ソフィア、三人には先に今の世間の状況を説明した方がいいんじゃないか」

「そうですね」

元冒険者のリリィさんは、どのタイミングで奴隷にされたのか分からないけど、少なくともフランさんとアネモネさんは最近の世界の状況を知らないはずだから説明は必要だと思う。

三人の心のケアも必須だが、王族が身近にいる理由などを話した方が心の安定にも繋がるだろう。

そこで僕とソフィアで、この聖域の成り立ちと、最近の大陸の状況、フランさん達を救出するに至ったわけなどを説明し始めた。

58 三人の処遇

夕食も終えて子供達も寝た後は、大人の時間だ。

ソフィアやマリア、マーニの奥さん達とコミュニケーションを取る時間であり、レーヴァやアカネとの情報交換の時間でもある。

因みに、ソフィア達と同じく妊娠中のベールクトは天空島での出産を希望して帰省中、フルーナは同族である人魚族の側が安心すると、海側の人魚族の集落で過ごしていた。

まぁ、それでも時々屋敷には顔を見せているんだけどね。


トリアリア王国の王城から救出した三人のエルフの内、二人がソフィアと顔見知りだという事で屋敷に招待した。しかし、ミーミル様とルーミア様という王族二人に遭遇してパニックになるアクシデントがあったので、結局三人の今後についてどうするのか決まっていなかった。

元冒険者のリリィさんはともかく、元騎士のフランさんとアネモネさんは流石に、王族と同じリビングで気楽にお茶とはいかなかったみたいで、ミーミル様とルーミア様が帰った後、精神的に疲弊して今後の事を話すどころではなかったんだ。

「それで結局、あの三人はどうするのかな？」

「……おそらく国には帰らないでしょう」

リビングで寛ぎながら横に座るソフィアに聞くと、彼女は少し考えてからそう言った。

「冒険者だったリリィさんはまだしも、ソフィアさんと同じ元騎士のお二人は、国には帰り難いかもしれませんね」

「そうですね」

ソフィアと同じように大きくなってきたお腹を撫でながら、マリアとマーニが同意する。

「そうだよな。エルフは基本的にプライドが高い人が多いからなぁ。国に戻っても肩身が狭いと分かってたら帰りたくないかもね」

「はい。どうしてもエルフ族が一番優れていると考える者が、一定数いるのは間違いありませんから」

ソフィアが苦笑いして言うのは、弟のダーフィ君もいまだにその傾向があるからだ。

僕達の結婚に関して、盛大にやらかした過去を持つダーフィ君だけど、今はお義父さんのダンテさんやお義母さんのフリージアさんが聖域に移住した事で強制的に領地を引き継がされ、かなり苦労しているみたいだ。

お陰でソフィアに反発する余裕がないのは良かったのか？　まぁ、ダンテさんとフリージアさんもいい薬になると言っていたから大丈夫だろう。

ダンテさん曰く「ダーフィは嫡男故に大事に育て過ぎた」らしい。

ソフィアが先の戦争で行方不明状態だったのだから、残されたダーフィ君を大事にするのも分かる気がするけどね。

「私が騎士だった頃、アネモネは後輩で部下でしたが、フランは同期で歳も同じなんですよね……」

「ひょっとして、ソフィアとライバル関係だったりするの？」

僕がそう聞くと、彼女は気まずそうに頷いた。

ソフィアに対するフランさんの言葉や表情から、そうなんじゃないかと思っていたんだけど、やっぱりか。

「自慢するわけではありませんが、私は騎士団の中でも強者として目立っていましたから。フランはそれが気に食わなかったのか、何かにつけて張り合ってきました。今思えば懐かしい思い出ですが」

「ソフィアは懐かしい思い出だろうけど、フランさんはさらに差をつけられた気がしているのかもね」

「はぁ……明日もう一度じっくりと話してみます。彼女達がムーラン様に保護された私よりも辛い日々を送っていたのは事実ですから」

確かにムーランさんの店で五十年の鳥籠生活を送っていたソフィアの方がずっと恵まれていたと思う。

国に家族が待っている可能性もあるし、一度はユグル王国に帰るのもいいと思うが、暮らすのは聖域の方がいいかもしれないね。

「ソフィアさんが話すと意地を張るでしょうから、ミーミル様かルーミア様にお話をしてもらった方がいいんじゃないですか?」

「そうよ。ソフィアからだと余計に惨めに思うかもしれないわね」

昔の仲間の扱いに悩むソフィアに、マリアがミーミル様とルーミア様に任せた方がいいと言い、アカネもそれに賛成する。

「そうだね。僕からミーミル様とルーミア様にお願いしてみるよ」

「あら、なに他人事のように言ってるのよ。タクミは一緒に行くのは決定よ。あんたここのトップでしょ」

「やっぱり?」

アカネの言葉に溜息を吐きそうになると、ソフィアが頭を下げた。

「タクミ様、フランの事、よろしくお願いします」

「ははっ、うん、そうだね。が、頑張ってみるよ」

人族を見下すタイプのエルフを相手するのは疲れるんだけど、ここはソフィアのために頑張るしかないよね。

一応僕は聖域の責任者らしいから。

59 残る事にしたようです

結局フラン、アネモネ、リリィの三人は、今日はタクミの屋敷の客室に泊まる事になった。

「ほぇ～、このお部屋、良いですねぇ～」

「ちょっとリリィ、なに呑気《のんき》な事言ってるのよ」

「そうよ。私の実家なんかよりずっと豪華で、逆に緊張するわ」

ミーミル王女とルーミア王妃という、騎士として働いていたフランとアネモネにとっては雲の上の人物と至近距離で過ごした時間を、二人はパニックで何も覚えていなかった。

元冒険者のリリィは平民出身なので、身分が違い過ぎていまいちピンと来ていない節がある。

今後の話は明日以降という事になり、タクミの屋敷に泊まる事になったのだが、メイドに案内された部屋の内装や調度品の質を見て、下級貴族から騎士となったフランと、平民から騎士となったアネモネは緊張していた。

だからリリィの呑気な様子が二人には信じられない。

その時、客室のドアがノックされる。

ガチャ……

「お食事をお持ちしました」

一番年下のリリィがドアを開けると、メイド――メリーベルがワゴンに料理を載せて部屋に運び込む。

今日はミーミル王女とルーミア王妃と間近に接した疲れもあり、皆んなと一緒にダイニングで食事をする気にはなれなかったので、部屋に持ってきてもらったのだ。

「ごゆっくりお召し上がりください」

「は、はい」

メリーベルが出ていくと、早速テーブルに置かれた料理に群がる三人。

「ングッ、美味し～い！　何これ！」

「……ここに来るまでに食べさせてもらった食事もびっくりするほど美味しかったけど、それ以上があるなんて」

「美味しいよぉ～！　美味しいよぉ～！」

夢中になって食べるアネモネ、フラン、リリィ。

リリィに至っては泣きながら食べている。

エルフ奴隷という希少な存在だった故に、衣食住に不自由はしてこなかった三人だが、大陸中を探しても聖域ほどの美食が集まる場所はないだろうから仕方のない事かもしれない。

満腹になってしばらく。落ち着いた三人の話題は、どうしても二人の王族の事になる。

「ふぅ……食べ過ぎたわ。ンンッ、それよりもミーミル姫とルーミア王妃だ」

「そうですよね。私なんかお二人を遠くに見るのが精一杯の騎士団員だったんですよ。それが同じ部屋でって、息をするのも忘れちゃいそうになりましたよ」

「お二人は良いじゃないですか。私なんか元冒険者ですよ。王族との接点なんてないんですから」

フランとアネモネの言葉を聞いて、リリィが言った。

リリィは元冒険者なので王族など顔をギリギリ知っている程度だ。

しかもエルフで冒険者になり、ユグル王国の外に出る人間はエルフらしからぬ変わり者。王族との接点などあるわけがない。

「あのイルマとかいうソフィアの旦那、どんな人間か調べる必要があるわね」

「フラン先輩、大精霊様方が信頼を寄せるお方を調べるなんて不敬だと思いますよ」

「そうですよ。ミーミル姫様やルーミア王妃様とも仲良さそうでしたよ」

「グッ……」

タクミとシルフ達とのやり取りを見れば、その関係性は明らかだ。ここでタクミを怒らせるような事をするのはまずいとアネモネとリリィは訴えた。

「それにイルマ殿が怒る前に、ソフィア様が怒ると思いますよ」

アネモネの言葉の中で、フランは別の事に引っかかる。

「ちょっと待て！　私は先輩呼びなのにソフィアは様なのか」

「だって、ソフィア様は騎士団の英雄ですよ。私が入団した時には、ソフィア様はもう別格でしたもん」

「クッ、それでもソフィアは私と同期だ。呼び方に差をつけるな。私が落ち込むだろ」

「は〜い」

その時、再びドアがノックされる音が聞こえた。

フラン達の食事が終わったタイミングで、メイドが片付けに来たのだ。

その絶妙なタイミングに感心しつつ、食後のお茶を淹れてくれたメイドにお礼を言うフラン。

「かたじけない」

「いいえ、お役目ですから。それとお風呂はどうされますか？」

「お願い出来ますか？」

「では用意が出来ましたら案内いたしますね」

そう言って一旦メイドが下がると、アネモネとリリィが騒ぎだした。

「凄いですよ、フラン先輩。家でお風呂に入れるなんて！」

「そうですよね！　トリアリアじゃあ、王城なのに週に一度ですもんね！」

王族が所有する高級なエルフ奴隷とはいえ、トリアリア王国では頻繁にお風呂に入る事など無理だった。

バーキラ王国やロマリア王国でも、今でこそ魔導具が普及して平民の家でも浴場が作られ、日常的に入浴するのが当たり前になりつつあるが、つい数年前までは桶《おけ》に入れたお湯や水に浸した布で拭《ふ》くのが精一杯だった。

フラン達が週に一度でも入浴出来たのは、トリアリア王国では十分贅沢な事なのだ。

「二人ともあまりはしゃぐな。恥ずかしいだろう」

フランは二人に注意しながらも、前の生活になど戻りたくないという気持ちが湧き上がる。

（祖国もこの五十年で、ここの様に便利に快適になっているだろうか？　……いや、無理だろうな。保守的なエルフ族は変わる事を怖がる）

その日、美味し過ぎる料理と、快適過ぎるタクミ邸のお風呂を経験した三人は、どうすればここに置いてもらえるか、それぞれ考え始めていた。

60　解放者が火種になるようで

僕――タクミは聖域の居住区の一つに来ていた。
何故かと言うと、聖域への移住希望者のための住居を建てるためだ。

今では聖域にも大工などの職人がいるんだけど、今回は急遽必要になったので僕の出番となった。

実は、聖域に移住を希望する解放奴隷のエルフは結構いるんだ。

ユグル王国から移住してくるエルフも多いのだから不思議ではないんだけど、解放奴隷のエルフ達が移住を希望する理由は、それとは少し違う。

三ヶ国同盟が成立してから外の国との交流も多くなったユグル王国。でも、やっぱりその気質が急に変わる事はないみたいで、エルフが至上の種族だと堂々と公言し、他種族を見下す人も多いのが現状だ。

そしてソフィアの弟のダーフィ君がそうだったように、その手の人達は一度人族の奴隷となったエルフを蔑み見下すんだ。

家族のもとに帰ったエルフもいないわけじゃないけど、偏見や差別の心配がない聖域への移住を希望するのは仕方ないんだろう。

一応、フランさんとアネモネさんの二人には、ミーミル様経由で国に話してもらって、騎士団に復帰出来る道もあったんだけど、騎士団にも色んな人がいるからね。結局、フランさんとアネモネさんは聖域での生活を選んだという事だ。

とはいえ、聖域での生活を希望したとしても、移住するには大精霊のチェックを通る必要がある。移住を希望した人全てが聖域で暮らせるようになるわけじゃないのが申し訳ない。

そんな人達は、ユグル王国に帰るか、未開地に新しく出来たウェッジフォートやバロルなんかの街で暮らしているらしい。

あの辺りの街はいくらでも仕事があるから、普通に暮らす分には問題ないだろうしね。

まぁ、そんな事よりフランさん達の家をちゃっちゃと建ててしまおう。

当面は三人で暮らしたいとの要望だから一軒だけ建てればいいんだしね。

◆

トリアリア王国における獣人族とエルフ、一部人族の奴隷解放作戦が終了したものの、解放された多くの人々が、旧シドニアや未開地の街で住居と仕事を得、万事解決というわけにはいかなかった。

問題の種は、解放されたエルフの中にあった。獣人族や人族の奴隷を解放する際、大精霊が厳しくチェックしていたのだが、精霊の眷属であるエルフに対しては、そのチェックを少々甘くしていた。

それは不当にトリアリアへと連れてこられた全てのエルフを救う意味でも必要だった。しかし、結果的に聖域へと移住が可能なエルフと、聖域には入る事が出来ないエルフに分かれてしまう。

大精霊が顕現し、精霊樹がある聖域を、自分達から見れば赤子と変わらない人族の男が治めている事を許容出来ないカビの生えた思考から抜け出せないエルフは、当然聖域の結界を抜けられなかった。

そんなエルフ達は、祖国であるユグル王国に帰るしかなかった。

聖域に移住を許されなかったエルフが、ユグル王国に燻《くすぶ》る精霊の加護を失った者達と接触するのは自然な事なのかもしれない。

そして、エルフの皮を被ったオークことホーディア伯爵……いや、元伯爵と、加護を失いしエルフ達が一つに纏まるのは必然だった。

ホーディア元伯爵は、聖域やタクミに対する暴挙をきっかけに長い内偵調査を経て、様々な悪事の証拠を押さえられ、処罰のタイミングを図っていたフォルセルティ王の命で、財産没収の上お家取り潰しと禁固刑を受けた。

ただ、ホーディア元伯爵も伊達に王都で暗躍していたわけではなかった。

王城に潜り込ませた手の者から、お家取り潰しと財産の没収、自身の捕縛の命令が出たと知ると、騎士団が到着する前に素早く身を隠した。


ユグル王国の王城では、宰相のバルザよりホーディア伯爵の逃亡を報されたフォルセルティ王が、落ち着いた様子で頷いた。

「まぁ、逃げるじゃろうの」

「ええ、想定通りですな」

ホーディア伯爵の逃亡は、フォルセルティ王とバルザ宰相の想定の内だった。その気になれば、逃亡させずに捕縛する事は簡単だった。

精霊の声を聞けるエルフにとって、隠れた犯罪者を探すのは難しくない。

ホーディア伯爵くらいになると、精霊を寄せ付けない魔導具か何かを持っているだろうが、それすら探索を助ける材料でしかない。

「精霊の加護を失った奴らは愚かじゃのう」

「この機会に我が国の膿《うみ》を出しきるきっかけになってもらいましょう。今まで、そのために見逃してきたのですから」

これからユグル王国は、バーキラ王国、ロマリア王国の三ヶ国と協力して大きく発展していくだろう。

毒は時として薬となるが、国にとって毒にしかならない者達を一掃しなければ、ユグル王国に未来はないと、フォルセルティ王やバルザ宰相は考えていた。

ただ、二人はホーディア伯爵が思ったよりしぶとく厄介だと後に思い知らされる。

61　堕ちたエルフ

一人の男が暗い部屋の中で引きこもっていた。

その男は、嘗ては騎士として侵攻してきた敵国と勇敢に戦った。

その結果、不幸にも生きて敵の手に堕ち、五十年もの間、虜囚の辱めに耐える日々を過ごしてきた。

人族の少年に救助され、奴隷から解放され、化粧臭い人族の女に奉仕する苦痛からは解き放たれた。

人族に救助されるというのは、男のプライドを傷つけたが、流石に大精霊様方を後ろ盾にする少年に、苛立ちやストレスをぶつけるわけにはいかなかった。


そんな解放された元奴隷のエルフとは別に、王都から逃れて地方都市に潜伏する男がいた。

嘗て、その政治力と金の力で権勢を誇ったホーディア元伯爵だ。

傍若無人《ぼうじゃくぶじん》に振る舞っていたホーディア元伯爵家は、フォルセルティィ王とバルザ宰相により取り潰しにあった。

長い時間をかけて不正や犯罪の証拠を集め、捕縛するべく王都のホーディア伯爵邸を騎士団が包囲するも、ホーディア本人には逃げられる。

精霊の助力による探索も、精霊の探知から逃れる隠匿の魔導具によりかわされてしまった。

大精霊のシルフならいかに魔導具を使っていても、簡単に見つけただろうが、フォルセルティィ王やバルザ宰相も、流石にシルフには頼めなかったようだ。

騎士団による捕縛作戦の情報が、ホーディア伯爵に漏れていた事も逃亡を許した原因の一つだろう。

「クソッ、フォルセルティィめ。儂がこの地位に来るまで、どれほどの金を使ったと思っているのだ」

「旦那様、今は雌伏《しふく》の時でございます」

「分かってるわい！」

王都の屋敷とは比べものにならない建物の地下室で、相変わらず太った体を震わせるホーディア。

オークの皮を被ったエルフとはよく言ったものだ。

今も家宰《かさい》に宥められていた。

この家宰の男も、長くホーディア伯爵のおこぼれに与《あずか》ってきたので、当然のように精霊の加護を失い、精霊の姿を見るどころか声も聞けない。

もっとも、ホーディア伯爵の周囲は、精霊の加護を失った者ばかりなので、今ではそれが普通になり、精霊の姿が見えずとも、声が聞けなくともおかしいとは思わなくなっている。

「財産の回収はどうなった？」

「はっ、七割は回収出来ました」

「クッ、七割か……」

「申し訳ございません」

「いや、七割も回収出来たと思うしかあるまい」

王都の屋敷から持てるだけの金や貴重品を運び出したが、それ以外にホーディアは各地に財産を隠していた。

その回収を秘密裏に行っていたのだが、三割ほどは騎士団の手入れにより没収されたようだ。

「組織の立て直しを急がねばな」

「今、散り散りになった手下達を集めるのは勿論、サマンドール王国やバーキラ王国の闇組織を配下に出来ないか動いているところです」

「……末端の手足はエルフでなくとも仕方ないか」

エルフのはみ出しものを集め、様々な悪事に手を染めてきたホーディアだが、貴族籍を失った今、組織の立て直しは急務だった。

これからは、貴族という身分に助けられる事はない。

平民と見下していた側にホーディアは堕ちてしまったのだから。

「幸い資金はある。ユグル王国とて、裏の仕事はまだまだある」

「旦那様、一旦、国外での活動を視野に入れてはどうでしょうか？」

「それも一つの案ではあるな」

もう貴族としての年金や役職による禄《ろく》もない。

商人や下級貴族から貢がれる事も、もうないのだ。

「今に見ておれ、フォルセルティ。儂を追い出した報いを受けさせてやる」

「旦那様……」

フォルセルティ王に恨みをつのらせるホーディア。家宰の男はそれを心配そうに見つめる。

「それにソフィアだ」

「旦那様、ソフィア様はもう諦めた方が……」

「喧《やかま》しい！」

どうやらホーディアは、いまだにソフィアに対して思うところがあるようだ。

「忌々しい大精霊に、いつまでも聖域で護られていると思うなよ！　必ず聖域を火の海にしてみせるわ！」

「……………」

流石に家宰の男も言葉をなくす。

どう考えても大精霊の結界を抜けて聖域をどうにかする事など不可能だ。

それはエルフに生まれた者なら理解出来るはずなのだが、闇に呑みこまれたホーディアは、正常な判断力を失っていた。

ホーディアは、まずは自分が地方都市で逼塞《ひっそく》する原因となったフォルセルティ王に目にもの見せてやると誓う。

「クックックッ、王都が世界樹ごと火の海になれば面白いと思わんか？」

「だ、旦那様……」

この時になり家宰の男も後悔し始める。

この主人と行動を共にしていても大丈夫なのか？

この男が行く道は、地獄への一本道なのではないのかと？

62　元騎士パルク

一人のエルフの男性が世界樹を振り返り、再び歩き始めた。

男の名前はパルク。

嘗てユグル王国王都の騎士団で活躍していた。

実力はほどほどだったが、騎士団の中では中堅騎士として小隊を率いていた。

パルクの人生が狂ったのは、五十年前のトリアリア王国による侵略戦争に従軍した事に始まる。

パルクはユグル王国がトリアリア王国を撃退した戦争で、不覚にも捕虜となってしまう。

パルクもその容姿は他種族から見るとエルフらしく整ったものだったため、トリアリア王国で奴隷とされ、男娼のような生活を送らざるを得なかった。

たとえ相手がトドのようであっても、隷属の呪いは拒否を赦さない。

人間の寿命はそれほど長くない。

そのせいで、パルクは老女から財産としてその娘へと相続され、そしてまたその娘へと下げ渡された。

五十年……精神が壊れかけてもおかしくはないだろう。

そして人族ではあるが聖域の成立に貢献し、大精霊の顕現を実現した男。

彼のお陰で屈辱的な奴隷からは解放され、男娼のような真似をしなくてもいい暮らしを取り戻した。

聖域の宿泊施設で十日間のカウンセリングを経て、故郷であるユグル王国への帰国をパルクは望んだ。


五十年振りの祖国は優しくはなかった。

「クソッ、誰が好きで虜囚になるか！　俺は国のために戦ったんだぞ！」

安い場末の酒場で、昼間から酒に溺れるパルクがいた。

ソフィアの弟のダーフィがそうであったように、敵国に囚われ奴隷に堕ちた者に、冷たい視線を向ける者が一定数存在した。

結果、王都の騎士団というエリートだったパルクは、周りの視線から逃れるように、見知らぬ地方の都市へと流れた。

「旦那、なかなか強そうだな。良い仕事を紹介しようか？」

「……ん？　誰だお前は？」

酔っ払ったパルクに声をかけたのは、美男美女揃いのエルフには少数派だろう顔の悪い男。

その雰囲気から、真っ当な稼業の人間ではない事が想像出来るが、自暴自棄になり、酔っ払ったパルクには関係なかった。

「あんた、最近国に戻ってきた元騎士だろ？」

「…………」

こんな地方都市の場末の酒場でさえ、自分を白い目で見る奴がいるのかと心が冷えて酔いが一気に醒《さ》める。

「ああ、勘違いしないでくれ。俺は旦那の力を評価してるんだ。俺達の組織ならどんな過去があっても関係ない。実力こそ全てだからな」

パルクの雰囲気が変わり、慌てて自分は敵ではなく、純粋にパルクをスカウトしたいんだと訴える男。

「……それで？」

冷静になり始めたパルクは先を促す。

パルクには帰る家はもうなかった。

王都にあったはずの実家は、既に他人が暮らしていた。

新しい住人に父と母の所在を聞いたが、分からないと言われ、親戚には冷たくあしらわれた。

父と母が生きている事は何とか分かったものの、パルクは家族から捨てられたのだと理解した。

この時点で精霊の加護を失いかけていたパルクは、声をかけてきた怪しげな男の話にのってしまう。

国のために戦った自分に、冷たい視線を向けた全ての奴らを赦せなかった。

「歓迎するぜ、旦那」

「……ああ」

男が差し出した手を取り、握手するパルク。

ユグル王国で暮らすのが辛いのなら、聖域はパルクを受け入れただろう。

聖域ならトリアリア王国で奴隷だった事など、差別や侮蔑の対象にはなり得なかったはずだ。

同じようにトリアリアから解放され、聖域でやり直す事を決めた者も何人かいるのだから。

しかしパルクは、その一歩を踏み外してしまう。

精霊の止める声も、もう聞こえない。

ここに、また一人、闇に呑まれたエルフが誕生した。

勿論、パルクを勧誘した男は、ホーディアの手下だ。

パルクは、祖国のために戦った騎士から、王都を狙うテロリストへと堕ちた。

そんなホーディア達の企みが、精霊に漏れないわけがないのだが……

63　厄介なお願い

「はぁ……」

思わず溜息が出る。

「まぁまぁ、そんな嫌な顔しないの」

よほど嫌な顔をしていたんだろう。

ウィンディーネが僕——タクミを注意した。

「いや、だって、僕がまったく関係ないとは言わないけど……」

「申し訳ございません」

「いえいえ、ミーミル様が謝る必要はないですから」

ミーミル様が、本当に申し訳なさそうに頭を下げるのを止める。

実際、彼女に一切責任はない。

何の話かというと、トリアリア王国から解放した元奴隷のエルフが、何やら精霊の加護を失い、よりにもよってあのホーディア元伯爵の手下となったらしい。

「一応、カウンセリングはして、聖域に移住するか聞いたんですけどね」

「仕方ないわよ。エルフが至高の種族だと驕《おご》る子は、今でも一定数いるもの」

「申し訳ありません」

僕とウィンディーネの会話を聞いて、ミーミル様が再び詫びた。

トリアリア王国で、奴隷となっていたエルフの人数はそれほど多くない。

だから僕も、シルフからそれを報された時「あぁ、あの人か」と顔が浮かんだ。

僕はソフィアに話を向ける。

「確か、ソフィアやフランさん達と同じ騎士だった人だよね」

「はい。私もそれほど親しくはないので、顔を知っている程度ですが。多分、フランやアネモネも同じだと思います」

まぁ、騎士団も人数が多いから、全員の事をよく知るなんて無理な話だな。

「問題は、王都の世界樹を焼くなんて、馬鹿な事を計画している点だね」

「そうなのよ」

「エルフにとって、命と同じくらい大切な世界樹を焼くなどと、ホーディア元伯爵はエルフの風上にも置けません！」

ミーミル様がエキサイトするくらい、ホーディア元伯爵は、めちゃくちゃな奴だ。

ただ……

「いや、ホーディアを止めるのに協力するのはいいんですけどね。王妃様にもお世話になってますし」

ユグル王国がごたつくのは避けたい。

ましてや世界樹を焼くなんて、絶対に阻止しないとダメだ。

「でも人族の僕が、ユグル王国の王都で目立つのは避けた方がいいですよね」

「それは……そうですね。確かに、種族間のわだかまりが多少解消されてきたとはいえ、いまだにエルフを至上の存在だと驕る者の反感を買う可能性があります」

ミーミル様が言うように、面倒くさいのは僕が前面に出過ぎると、その手の人達がうるさい事だ。

「偽装の魔導具を使ってエルフに化けても、看破する人は一定数いそうだしね」

「そうですね。偽装よりは気配の隠匿系がいいでしょうね」

幻術系の魔導具でエルフに化けても、魔法に対して高い適性を持つエルフの中には、見破る者もいるだろう。

だからミーミル様の言うように隠密系のスキルや気配隠匿系の魔導具が最適だ。

今回もソフィアは妊娠中なので動けない。

そうなると、また僕とカエデで行った方がいいのか？

僕が考え込んでいると、ウィンディーネの隣にシルフが現れた。

「タクミ、あの子達を連れていけば？」

「えっと、もしかして、この前助けたソフィアの元同僚と元冒険者の三人？」

シルフから提案されたのは、この間トリアリア王国から解放したフランさん、アネモネさん、リリィさんの三人のエルフ女性。

「でもあの人達、五十年も閉じ込められてたんだよ。いきなり荒事に連れていくのはどうかと思うよ」

「そうですね。いくらフランとアネモネが元騎士だとはいえ、いきなりは難しいと思います」

冒険者だったリリィさんの実力は分からないけど、ソフィアは元同僚のフランさんとアネモネさんの実力をある程度知っている。

そのソフィアが難しいと言うのだから間違いないと思う。

「大丈夫よ。時間的な余裕はあるから、それまでの間に、ねっ」

「そっ、レッツ、パワーレベリングよ！」

ウィンディーネとシルフが三人を鍛えようと言い出した。

「それに加えてレーヴァに装備を造ってもらえば、少々の事があっても大丈夫だと思わない？」

さらにシルフが三人用に装備を造れと言う。

確かにそれなら大丈夫かもしれない。

「そうですね。もともとフラン達は基礎は出来ていますから、戦闘の訓練とレベルアップ、それにレーヴァの装備が加われば、何とかなりそうですね」

「ソフィアもそう思うでしょ。何なら聖域のエルフにも声をかけてみる？」

「いや、シルフ、それはダメだよ。皆んな仕事を持っていて忙しいんだから」

聖域の住民は、安全のために全員パワーレベリング済みなので、まったく戦えない者はいないだけど、聖域の住民から戦力を出すと聖域が回らなくなる。

「それでしたら騎士団から数名、タクミ様達と連携する人員を出しましょう。騎士団はタクミ様達に指導していただいていますから。王都の護りを薄くは出来ないので本当に少数ですが」

「……そうですね。フランさん達三人には戦闘訓練、騎士団からの人員には隠密系の訓練をしましょう」

ミーミル様の計らいで騎士団から数名回してもらう事になった。

全員じゃないけど、同盟三ヶ国の騎士団はダンジョンでのブートキャンプを通して顔見知りも多い。

その実力も把握しているので僕的には助かる。

「よし！　じゃあ、早速行動開始よ！」

何故か張り切るシルフの号令で僕達は動き出した。

まずは、ソフィアと一緒にフランさん達に頼みに行かないとね。

いずれ最強の錬金術師？
SOMEDAY WILL I BE THE GREATEST ALCHEMIST?
1～5
原作＝小狐丸
漫画＝ささかまたろう
シリーズ累計
74万部!
(電子含む)
最強の生産スキル
錬金術発動!
勇者でもないのに勇者召喚に巻きこまれ、異世界転生してしまった入間巧。「巻きこんだお詫びに」と女神様が与えてくれたのは、なんでも好きなスキルを得られる権利!地味な生産職スキルで、バトルとは無縁の穏やかで慎ましい異世界ライフを希望――のはずが、与えられたスキル『錬金術』は聖剣から空飛ぶ船までなんでも作れる超最強スキルだった……! ひょんなことから手にしたチートスキルで、商売でボロ儲け、バトルでは無双状態に!? 最強錬金術師のほのぼの異世界冒険譚、待望のコミカライズ!!
◎B6判 ◎各定価:748円(10%税込)
いずれ最強の錬金術師？
原作 小狐丸
漫画 ささかまたろう
5
仲間の絆でスキルが進化!?
激レア魔物をテイムせよ!!
シリーズ累計74万部
ここでしか読めない番外編も収録!
Webにて好評連載中! アルファポリス 漫画 検索
コミックス絶賛発売中!

大好評発売中！

異世界転生したら最弱のゴーストになっていた主人公・シグムンド。どうにか生き延びようと洞窟でレベリングするうちに、気が付けば進化を極めて最強の“不死王”に…！ 強大な魔物がひしめく森に拠点を構え、眷属を増やしたりゴーレムを造ったりしながら生産暮らしを楽しみつくす、ほのぼの生産系異世界ファンタジー！

●B6判 ●定価：748円（10％税込） ●ISBN 978-4-434-31513-8

Webにて好評連載中！ アルファポリス 漫画 検索

この作品に対する皆様のご意見・ご感想をお待ちしております。

おハガキ・お手紙は以下の宛先にお送りください。

【宛先】

〒150-6008 東京都渋谷区恵比寿 4-20-3 恵比寿ｶﾞｰﾃﾞﾝﾌﾟﾚｲｽﾀﾜｰ 8F
（株）アルファポリス　書籍感想係

メールフォームでのご意見・ご感想は右のＱＲコードから、
あるいは以下のワードで検索をかけてください。

アルファポリス　書籍の感想　検索

ご感想はこちらから

本書はWebサイト「アルファポリス」（https://www.alphapolis.co.jp/）に投稿されたものを、改稿、加筆のうえ、書籍化したものです。

いずれ最強《さいきょう》の錬金術《れんきんじゅつ》師《し》？ 14

小狐丸（こぎつねまる）

2023年 1月31日初版発行

編集－今井太一
編集長－太田鉄平
発行者－梶本雄介
発行所－株式会社アルファポリス
〒150-6008 東京都渋谷区恵比寿4-20-3 恵比寿ｶﾞｰﾃﾞﾝﾌﾟﾚｲｽﾀﾜｰ8F
TEL 03-6277-1601（営業） 03-6277-1602（編集）
URL https://www.alphapolis.co.jp/
発売元－株式会社星雲社（共同出版社・流通責任出版社）
〒112-0005東京都文京区水道1-3-30
TEL 03-3868-3275
装丁・本文イラスト－人米
装丁デザイン－AFTERGLOW
印刷－中央精版印刷株式会社

価格はカバーに表示されてあります。

落丁乱丁の場合はアルファポリスまでご連絡ください。

送料は小社負担でお取り替えします。


ISBN978-4-434-31501-5 C0093